**OBJECTIF
110 %**

Infographie : Chantal Landry
Colorisation de la couverture : Francis Pelletier
Correction : Anne-Marie Théorêt

DISTRIBUTEUR EXCLUSIF :

Pour le Canada et les États-Unis :
MESSAGERIES ADP inc.*
2315, rue de la Province
Longueuil, Québec J4G 1G4
Téléphone : 450-640-1237
Télécopieur : 450-674-6237
Internet : www.messageries-adp.com
* filiale du Groupe Sogides inc.,
   filiale de Québecor Média inc.

Catalogage avant publication de Bibliothèque et Archives nationales
du Québec et Bibliothèque et Archives Canada

Gagnon, Hélène

  Objectif 110%

  (Lance et compte, les débuts ; 3)
  Pour les jeunes.

  ISBN 978-2-924025-34-5

  I. Tremblay, Réjean, 1944-   . II. Roy, Martin, 1971 9 avr.-   . III. Titre. IV.
Titre: Objectif cent dix pour cent. V. Collection: Lance et compte, les débuts ; 3.

  PS8563.A327O24 2013   jC843'.54   C2012-942878-7
  PS9563.A327O24 2013

09-15
Imprimé au Canada

Dépôt légal : 2013
Bibliothèque et Archives nationales
du Québec

ISBN 978-2-924025-34-5

Gouvernement du Québec – Programme de crédit
d'impôt pour l'édition de livres – Gestion SODEC –
www.sodec.gouv.qc.ca

L'Éditeur bénéficie du soutien de la Société de déve-
loppement des entreprises culturelles du Québec pour
son programme d'édition.

Conseil des Arts   Canada Council
du Canada   for the Arts

Nous remercions le Conseil des Arts du Canada de l'aide
accordée à notre programme de publication.

Nous reconnaissons l'aide financière du gouvernement
du Canada par l'entremise du Fonds du livre du Canada
pour nos activités d'édition.

❸

OBJECTIF 110 %

Hélène Gagnon

EN COLLABORATION AVEC
Réjean Tremblay

ILLUSTRATIONS DE MARTIN ROY

petit homme
Une société de Québecor Média

DANS LA MÊME COLLECTION

À tous les jeunes :

Vos efforts tracent le chemin vers la réalisation de vos rêves !

LES SÉRIES ÉLIMINATOIRES

Les parents entrèrent dans le vestiaire où l'équipe criait de joie. Julien et ses adjoints se félicitaient entre eux et en faisaient autant avec les joueurs, bien entendu. Les Dragons venaient de gagner la finale de la saison et obtenaient ainsi l'honneur de participer à la Coupe nationale.

– T'es le meilleur! lança Carlo Simard en frappant le bras de son fils.

Charlie sourit à son père qui s'éloignait déjà. Il appréciait grandement le compliment.

– Charlie a été incroyable! lança Carlo en arrivant à la hauteur de Renaud Dion. Il va être à point pour la Coupe nationale!

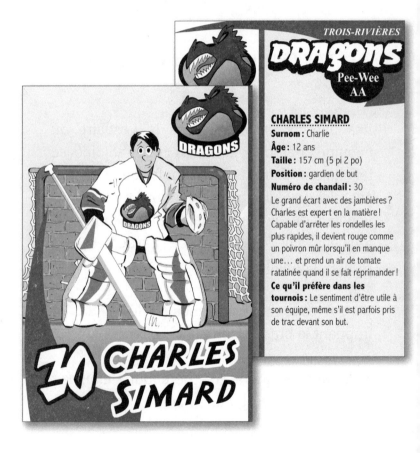

– Une chose à la fois, dit Renaud en se montrant plus sérieux. On n'est pas rendus là. Aujourd'hui, on célèbre notre victoire en séries éliminatoires.

– Oui, bien entendu…, dit simplement Carlo avant de se diriger vers les parents des autres joueurs pour vanter de nouveau les talents de son fils.

– On a gagné, les gars! cria Dic, encore excité par cette belle victoire.

– On est les meilleurs! renchérit Philippe.

– On s'est donnés comme des malades, gang! déclara Pierre. Et on l'a eu!!!

– Super belle victoire, ajouta Julien qui venait d'arriver près du petit groupe. Et bien méritée!

* * *

Fidèles à leur ami Alex qui n'avait pu assister au dernier match des séries, quelques joueurs de l'équipe se rendirent chez lui le lundi soir pour lui raconter la partie.

— C'était trippant! lança Pierre. T'aurais dû voir la tête du gardien quand Brain a compté le troisième but! Il était à genoux et pensait qu'il avait la rondelle sous son gant! Non, mais faut être dans la lune pas à peu près!

— Moi, je pense qu'il était plus nerveux que dans la lune, dit Charlie. Pis c'est vrai que la rondelle a bifurqué bizarrement.

— En tout cas, reprit Pierre, ça nous a donné un but.

— Et Pierre nous en a donné deux, dit Mouf. Et le dernier était malade!

— C'était un match hyper *hot*! lança Dic. L'autre équipe était solide aussi.

— On l'a pas eu facile, déclara Brain, mais on a gagné !

— Je suis content pour vous autres ! déclara Alex. Et là, vous allez jouer pour la Coupe nationale ! J'aurais tellement aimé ça…, avoua-t-il en prenant un air à la fois rêveur et triste.

— C'est poche que tu sois plus là, dit Mouf, qui se sentait triste lui aussi.

Sans en prendre conscience, il jeta un regard vers Denis qui se mit à rougir ; c'était lui qui allait jouer à la place d'Alex.

— Y a pas juste moi qui étais pas là, reprit Alex en réalisant que Denis était soudain mal à l'aise. Will a manqué ça, lui aussi…

— Ouais ! fit Dic. Pas drôle, son affaire ! Sa bronchite a tourné en pneumonie. Le doc sait pas quand il va pouvoir revenir au jeu.

— Décidément, dit Pierre, on n'a pas été chanceux cette année avec nos ailiers.

— Peut-être, mais vous avez gagné les éliminatoires quand même! reprit Alex en affichant un grand sourire.

— T'as bien raison! dit Brain. Et Will devrait être de retour pour la Coupe.

L'AUDITION

Rose Béland et sa consœur, Janine Duplain, étaient en pleine séance d'auditions pour les rôles féminins de la pièce de théâtre. Jusqu'à présent, six jeunes filles avaient tenté de décrocher un rôle – la plupart rêvaient de jouer Anaïs –, bien qu'elles aient été prêtes à se contenter d'un rôle secondaire pour le plaisir de faire partie de la pièce.

Suzie, Malorie et Maude attendaient dans le couloir avec les autres aspirantes. Maude était là uniquement pour accompagner ses amies, car elle savait déjà qu'elle ferait partie de l'équipe des décors, à sa demande.

— Je me sens tellement nerveuse! murmura Malorie. Je pense que je vais perdre connaissance…

— Oh non! fit Maude en lui jetant un regard contrarié. Tu vas pas nous faire ça ici, comme ça, là!

— Comment veux-tu que je me retienne? J'ai pas le contrôle sur mes évanouissements!

— Tes évanouissements? répéta Maude. Parce que tu t'es déjà évanouie, toi?

— Non, répondit son amie en rougissant un peu. Mais…

— Prends une grande respiration et attends que ça passe! trancha Suzie.

— C'est pas ma faute si je suis énervée!

— T'es énervée…, reprit Maude, pis t'es énervante!

— Tu comprends jamais rien! dit Malorie en haussant les épaules tandis que Maude lâchait un petit soupir d'impatience.

— Malorie Simard, fit d'une voix monocorde Janine Duplain en sortant de la pièce réservée aux auditions.

— C'est moi! fit Malorie en se levant d'un bond avant de se diriger vers l'enseignante.

Les jambes de la jeune fille se mirent à trembler quand la porte se referma derrière elle et qu'elle aperçut Rose Béland, si impressionnante, portant des lunettes rouges, cette fois-ci, et une robe noire sur laquelle pendait un châle multicolore retenu sur l'épaule par une grosse boucle dorée.

— T'es donc bien impatiente! lança Suzie à Maude quand leur amie fut hors de vue. T'étais pas comme ça avant.

— C'est des idées que tu te fais. J'ai pas changé.

— C'est pas l'impression que tu me donnes, en tout cas !

* * *

Malorie avança vers Rose, son texte à la main. Elle ne se rappelait soudainement plus rien.

— Malorie…, commença Rose. C'est bien ton nom ?

— Euh… oui, madame.

— Alors, Malorie, tu vas jouer le personnage d'Anaïs, dans la scène où elle arrive en face du château hanté. Tu as appris ton texte, n'est-ce pas ?

— Oui, madame… mais… est-ce que je peux le regarder encore une petite minute avant de commencer ?

— Oui… vas-y. Mais pas plus d'une minute. On a encore plusieurs auditions à faire aujourd'hui.

Malorie relut les quelques répliques qu'elle devait dire et prit une grande respiration avant de débuter. Elle avança lentement dans la pièce sous le regard attentif des deux enseignantes, puis se tourna vers la porte d'entrée en criant.

— Mon Dieu! fit Maude dans la petite salle attenante. Qu'est-ce qui lui prend? C'est la première qui crie…

— Ça te surprend? demanda Suzie en souriant.

— Elle a dû voir une souris ou une araignée, reprit Maude en pouffant de rire.

De l'autre côté du mur, Rose Béland regardait Malorie, toujours tournée vers la porte, avec de gros yeux surpris.

— Hé! Malorie! fit-elle pendant que la jeune fille se tournait vers elle. Tu fais quoi, là?

— Euh! Bien… je joue le rôle d'Anaïs.

— En nous tournant le dos? Comment veux-tu qu'on évalue ton jeu si on ne voit pas ton visage?

— Bien… ça se passe devant la porte du château, alors j'ai pensé que je devais me mettre devant la porte.

Rose lui sourit en lui faisant signe d'avancer vers elle.

— Ce n'est pas nécessaire pour l'audition que tu aies une porte devant toi. Reste devant nous et dis ton texte. D'accord?

Malorie se posta devant les deux femmes et tenta de s'imaginer devant une porte. Au bout d'un moment, elle lâcha à nouveau un cri.

— Mais pourquoi tu cries? questionna Rose.

— Parce que j'ai peur… C'est un château hanté, non?

– Et où as-tu vu, dans le texte, que tu devais crier?

– Nulle part…

– Malorie, reprit Rose, très patiente, c'est un château hanté, oui… mais tu ne le sais pas encore. Tu n'y es pas encore entrée.

– C'est logique, fit Malorie. J'y avais pas pensé. Je suis désolée…

– C'est pas grave. Allez, on reprend tout ça.

Malorie fit semblant de marcher vers le château, puis s'arrêta devant la porte imaginaire et récita son texte. Malgré quelques hésitations, elle réussit à livrer une performance plutôt crédible. Rose Béland et sa consœur la remercièrent en lui disant, comme à toutes les autres avant elle, que les rôles seraient attribués au cours de la semaine.

La jeune fille quitta la pièce et retrouva ses amies.

— Pourquoi t'as crié, tantôt? demanda Suzie.

— Oh! Je me suis trompée, répondit simplement Malorie.

— Tout le monde se demandait ce qui se passait! ajouta Maude. On pensait que t'avais vu une souris!

— T'en as l'air d'une, souris! lança Malorie en riant.

* * *

Pierre fut le dernier à sortir de la douche après l'entraînement. Il enfila ses vêtements en discutant avec ses coéquipiers qui s'habillaient, eux aussi.

— Vous faites quoi cet après-midi, les gars? leur demanda-t-il.

Quelques-uns répondirent qu'ils allaient au cinéma, mais le film n'intéressait pas Pierre. Un autre petit groupe allait jouer au billard chez Philippe, mais comme il ne pouvait pas inviter plus de quatre amis en cet après-midi où ses parents avaient déjà des visiteurs, le groupe était complet.

— Vous pouvez venir chez moi, offrit Pierre à ceux qui n'avaient rien de prévu. On pourrait se faire une petite partie de ping-pong.

— C'est bon pour moi ! fit Dic. N'importe quoi pour être loin de mes petits monstres de sœurs !

— Tes demi-sœurs, précisa Mouf.

— Bah ! C'est pareil… On a le même père, reprit Dic.

— Ouais ! fit Mouf. En tout cas, moi, continua-t-il en se tournant vers Pierre, j'ai rien à faire et je manquerai pas une partie sur les machines à boules de ton père. C'est trop trippant !

Pierre se retrouva donc chez lui avec Mouf, Denis, Dic, Brain et Charlie. Seule Babouchka était à la maison. Elle salua les garçons et leur annonça qu'elle préparerait deux gros bols de maïs soufflé pour calmer leurs estomacs en manque après cet entraînement de hockey.

— Trois bols, ce serait encore mieux! lança Dic qui connaissait suffisamment Babouchka pour faire ce genre de remarque.

— Trois? répéta la grand-mère en affichant un large sourire. Le coach vous a fait travailler fort?

— Pas besoin du coach, dit Mouf. Dic a l'estomac défoncé… tout le monde le sait!

— Je sais pas comment je suis fait, reprit Dic. On dirait que ça passe tout droit quand je mange… comme si rien ne restait dans mon estomac et que ça descendait direct…

— Eurk! fit Brain. Il me vient des images, là…

— Moi aussi, renchérit Pierre en grimaçant. Tu devrais peut-être manger ton popcorn debout… Je suis pas sûr que ma mère a envie de nettoyer le divan!

— Vous êtes donc drôles! fit Dic en prenant un air faussement outré.

— Allez! On va en bas, reprit Pierre en précédant ses amis vers les escaliers du sous-sol.

* * *

Suzie entra dans la pièce sous le regard de Rose et Janine. Elle les salua timidement et avança vers elles. Elle avait appris son texte par cœur mais se sentait tout de même très nerveuse. Elle avait peur de se tromper, d'en oublier des bouts, de faire des mimiques ou des gestes qui n'avaient pas de sens. Pourtant, elle avait répété à plusieurs reprises le rôle d'Anaïs avec sa mère, et même avec Babouchka, et celles-ci avaient trouvé son jeu très crédible. Bien sûr, Pierre s'était un peu moqué en l'imitant, mais elle était habituée aux taquineries de son aîné.

— Alors, Suzie, commença Rose, tu aimerais interpréter Anaïs?

— Oh oui! C'est mon rêve! s'exclama la jeune fille en levant les yeux vers le ciel pour montrer que c'était son souhait le plus cher.

— Alors, joue-nous la scène où elle arrive devant la grande porte du château. Fais-nous connaître TON Anaïs.

Suzie respira profondément et commença à dire ses répliques en regardant autour d'elle, comme c'était indiqué dans le texte. Elle s'adressait au personnage d'Orélius, comme s'il était là, tout près. Son interprétation était très réussie. Le sourire de Rose la réconforta quand elle prononça les derniers mots de son audition.

— C'est bien, Suzie, dit Rose. On voit que tu as bien appris ton texte. On va te donner des nouvelles cette semaine. Janine et moi allons discuter de l'attribution des rôles et on vous revient là-dessus.

— Merci! fit Suzie.

Elle espérait avoir bien fait... mieux que toutes les autres, en fait. Mais elle ne pouvait en avoir l'assurance, bien sûr, alors elle demeura fébrile en quittant la petite salle.

— Et puis? s'enquirent ses amies, curieuses.

— Difficile à dire. Elles ont eu l'air d'aimer... mais ça veut rien dire. En tout cas, pas tant que les rôles seront pas donnés.

— On va chez moi? proposa Malorie.

— Pour quoi faire? demanda Maude.

— Je sais pas... on pourrait jouer au Monopoly...

— Monopoly! répéta Maude. Ça dure cent ans, ce jeu-là! C'est un jeu de vieux, en plus... Mes parents jouent à ça avec leurs amis!

— Bien, on jouera à un autre jeu! reprit Malorie. On en a plein, à la maison.

— O.K., fit Suzie. On devrait bien trouver quelque chose pour plaire à Miss Maude, se moqua-t-elle gentiment.

Maude sourit à son tour en les suivant vers la sortie de l'école. Les auditions étaient terminées en ce samedi après-midi. Le lendemain, ce serait au tour des gars d'auditionner.

* * *

Charlie manqua la balle que Pierre lui envoyait et celle-ci frappa le mur avant de rouler par terre. Charlie se mit à suivre la boule de ping-pong pour la récupérer. Sa course sur le plancher ne semblait pas vouloir s'arrêter. La balle s'immobilisa sous la machine à boules, où Mouf discutait une partie avec Dic sous l'œil intéressé de Brain. Charlie s'accroupit pour saisir la balle et, en se relevant, il se cogna.

— Ouch! fit-il en se frottant la tête.

– Pour une fois que c'est pas à moi que ça arrive ! lança Dic, amusé.

– Tu pourrais faire preuve d'un peu de compassion ! déclara Brain. Un petit peu d'empathie, peut-être ?

TROIS-RIVIÈRES

DRAGONS

Pee-Wee
AA

JUSTIN DUHAIME
Surnom : Brain
Âge : 12 ans
Taille : 160 cm (5 pi 3 po)
Position : défenseur
Numéro de chandail : 10
Petit dictionnaire sur deux pattes (ou plutôt sur deux patins), Justin s'illustre par sa vision stratégique et son excellente capacité d'anticipation du jeu. Plus allumé que ça, tu fais fondre la glace !
Ce qu'il préfère dans les tournois : L'adrénaline qui monte de match en match... et, comme toujours, ses « mots savants » qu'il lance sans arrêt à ses coéquipiers pour les taquiner.

10 JUSTIN DUHAIME

– Bon, le voilà reparti avec ses grands mots! reprit Dic. J'imagine que ça veut dire que je devrais crier «ouch» moi aussi! continua-t-il en s'adressant à Brain qui le regardait de son air moqueur. Tu veux que je saigne avec ça, tant qu'à faire?

– Je t'en demande pas tant! dit Brain en riant.

– Vous allez vous lâcher, vous autres? demanda Mouf en passant la main sur la tête de Charlie, là où il s'était cogné. Ça va aller, mon p'tit chou!

– Eille! Le p'tit chou…, répéta Charlie d'un air amusé. T'as pas besoin de te forcer pour me trouver un surnom.

– Oh! fit Mouf, l'air surpris. Charlie qui conteste! Les gars, comme dirait ma mère, je pense qu'y va y avoir une tempête.

– Une tempête? fit Denis qui revenait de la toilette.

— Ouais! fit Dic. Charlie vient de se fâcher contre Mouf.

— C'est pas vrai! s'étonna Denis. C'est pas une tempête qu'on va avoir… c'est un ouragan!

— Je me suis pas fâché, précisa Charlie en souriant timidement.

— Bon! Ben alors, retourne au ping-pong, mon p'tit chou, euh… Charlie, reprit Mouf en lui faisant un signe de la main pour qu'il disparaisse. J'ai une partie de machine à boules à gagner, moi!

— Tu peux toujours rêver! lui lança Dic.

— Parlant de rêver, reprit Denis, j'ai un billet pour aller voir les Chauves-souris.

— Pas vrai! fit Dic d'un air envieux. Comment t'as eu ça?

— C'est mon parrain qui a réussi à avoir deux billets. Il va venir avec moi.

— Crime que t'es chanceux! lança Mouf. C'est mon groupe préféré! T'as entendu leur dernière toune?

— C'est sûr! fit Denis. J'ai tellement hâte de les voir!

— C'est quand? demanda Mouf, qui ne se rendait pas compte que c'était la première fois qu'il avait une conversation aussi amicale avec Denis.

— La semaine prochaine... à Montréal.

— Chanceux! répéta-t-il. Si jamais ton parrain se cherche un deuxième filleul, je suis candidat!

— J'oublierai pas! fit Denis d'un air amusé, conscient, lui, que l'attitude de Mouf à son égard était soudainement plus cordiale et intéressée.

— Le popcorn est prêt! cria Babouchka du haut de l'escalier. J'ai besoin d'aide pour tout descendre...

Dic s'élança vers les marches qu'il monta deux à deux sous le regard amusé de l'aïeule. Il prit un des trois gros bols de maïs en remerciant Babouchka et se retourna pour descendre. Il se cogna contre Brain et perdit pied. Il manqua deux marches et descendit les dernières sur les fesses en tenant le bol très fort contre lui. Les gars éclatèrent de rire en voyant les grains de maïs qui s'échappaient du bol alors que Dic criait en tentant de limiter les dégâts.

— Ça va ? s'enquit Babouchka avec inquiétude du haut de l'escalier.

— Euh ! Oui, oui…, répondit Dic en se relevant. J'en ai presque pas échappé…, précisa-t-il en regardant le contenu du bol.

— C'était une bonne idée d'en faire trois comme il a demandé, dit Denis. Avec lui, vaut toujours mieux en avoir plus !

— T'aurais pu partager avec nous plutôt que de faire manger le plancher ! lança Brain.

— Dic, partager sa bouffe? reprit Mouf. Tu rêves en couleurs!

— Bon, bon! Ça va, vous autres, reprit Dic avant de mettre une grosse poignée de maïs dans sa bouche.

* * *

Malorie et ses amies jouaient une partie de Clue à la table de la cuisine des Simard. Elles étaient seules à la maison. Diane et Carlo, les parents de Malorie et Charles, étaient partis faire des courses.

— J'aimerais ça être une Miss Scarlett quand je serai adulte! dit Suzie d'un air rêveur. Une étoile du cinéma! ajouta-t-elle en regardant vers le ciel. Ça doit être hyper *cool*!

— Si jamais ça arrive, dit Malorie, oublie-nous pas!

— T'es rendue pas mal loin! lança Maude d'un air moqueur. Commence par jouer dans la pièce de l'école, tu verras après.

— J'ai tellement hâte de savoir qui va avoir le rôle d'Anaïs! reprit Suzie en lançant les dés sur la plaquette de jeu.

— Ce sera sûrement pas moi! dit à son tour Malorie. J'ai bégayé au moins trois fois en disant mon texte!

— Ben… j'étais nerveuse, moi aussi. Mais ça devait être la même chose pour tout le monde, non?

— Je sais pas, reprit Malorie. Y'en a peut-être qui ont ça dans le sang, la comédie. En plus, y'a des filles qui suivent des cours d'art dramatique qui ont passé l'audition…

— Bien contente de faire les décors, moi! lança Maude. C'est moins compliqué…

— Moins l'fun, aussi! objecta Suzie.

— Moi, ça me dérange pas d'avoir un petit rôle secondaire, reprit Malorie. Je pense que c'est un peu pour ça que j'ai pas super répété le rôle d'Anaïs… Elle est trop souvent sur la scène à mon goût. J'aurais peur d'oublier des parties de texte si j'avais ce rôle-là.

— Pas moi! fit Suzie. Puis, si j'en oubliais… ben, j'en inventerais! ajouta-t-elle en se mettant à rire.

— Tu devrais peut-être te préparer à en inventer, dit Maude en reprenant son sérieux. Avec les gars, on sait jamais! Ça me surprendrait pas qu'eux autres, ils en oublient des bouts!

— Ben en tout cas, reprit Suzie, No Name en oubliera pas, lui… il va faire un arbre!

— Un arbre! répéta Malorie. Franchement! Il aurait pu faire bien mieux que ça!

— Il a eu une promotion! dit Maude en riant. Il devait faire une plante… mais le costume était trop petit pour lui!

— Eille ! fit Malorie en jetant son regard sur la plaquette de jeu. Si tu continues, Maude Villemure, tu vas te retrouver dans la salle à manger avec le Colonel Moutarde, et je te dis pas ce qu'il va te faire !

— Oh ! fit Suzie en riant. La moutarde te monte au nez !

Les trois filles éclatèrent de rire et reprirent la partie là où elles l'avaient laissée.

Diane et Carlo arrivèrent vers la fin de l'après-midi, les bras chargés de sacs de provisions. Ils déposèrent le tout sur le comptoir de la cuisine.

— Charlie est pas ici ? s'informa Carlo.

— Il est chez Pierre, répondit sa fille. Il a appelé tantôt pour le dire.

— Votre patinoire doit plus servir à grand-chose avec la pluie des derniers jours, non ? demanda-t-il à Suzie.

— Non… pas vraiment. Mais papa dit que, s'il fait froid cette semaine, il va réussir à la sauver.

— Ce serait super! reprit Carlo. Avec la Coupe nationale qui s'en vient, les gars devraient passer le plus de temps possible sur la glace. En tout cas, ça vaudrait mieux que de s'enfermer dans un sous-sol pour faire n'importe quoi!

Maude regarda Carlo du coin de l'œil pour éviter d'attirer son attention sur elle. Grand, costaud et un peu bedonnant, ses cheveux et ses yeux noirs, sa mâchoire carrée et sa bouche qui ne souriait presque jamais lui donnaient un air austère qui faisait peur. Pourtant, Maude n'était pas du tout craintive, comme pouvait parfois l'être son amie Malorie. Mais Carlo Simard ne ressemblait en rien aux autres pères qu'elle connaissait.

— Il faut bien qu'ils s'amusent un peu, déclara Diane. Il n'y a pas que le hockey qui a de l'importance…

— Ma mère dit ça aussi, dit Suzie en regardant Carlo. Elle dit qu'il faut garder du temps pour s'amuser.

Puis, remarquant le regard sévère que le père de son amie posait sur elle, elle se tut et concentra son attention sur le jeu.

LA DISTRIBUTION DES RÔLES

Les gars riaient encore à la sortie de l'école. Pierre, Brain et Denis, en ce dimanche après-midi, venaient de passer leur audition pour la pièce de théâtre et s'étaient retenus pour ne pas trop regarder Rose qui, ce jour-là, portait une perruque rousse bouclée, des lunettes vertes aux verres en forme de cœur et une robe fleurie multicolore. Même ses souliers verts étaient bizarres, avec leurs grosses boucles noires.

— Comment ça s'est passé ? s'enquit Dic qui arrivait à leur rencontre avec Mouf et Charlie.

— Dommage que vous ayez pas vu ça ! s'esclaffa Brain.

— Vous avez été si poches que ça? demanda Mouf.

— Non…, répondit Pierre. En tout cas, me semble que c'était pas si terrible… mais Rose Béland, elle était crampante!

— Elle est toujours crampante, déclara Charlie. Ses robes, ses cheveux…

— Ses lunettes! l'interrompit Denis en éclatant de rire. Aujourd'hui, elles étaient vertes en forme de cœur!

Le jour où Rose Béland a fait rire tout le monde avec son affreux afro!!!

— Pas vrai! fit Dic en riant.

— Oui, reprit Denis, mort de rire. Et ses cheveux… ses cheveux, dit-il en riant tellement qu'il fut incapable de terminer sa phrase.

— Un afro roux!!! dit Brain en pouffant de rire à son tour.

— Un quoi? fit Dic.

— Un afro… des cheveux frisés en forme de boule, précisa Brain en riant de plus belle.

— J'ose même pas imaginer ça! dit Mouf.

— J'espère seulement qu'elle sera pas arrangée comme ça le jour de la pièce, parce que, moi, je vais en oublier mon rôle! lança Pierre.

— Mais vous autres, comment ç'a été? reprit Dic. Qui va avoir le rôle principal?

— On sait pas encore, répondit Brain. Mais c'est pas grave… on va s'amuser quand même.

– J'en étais pas certain avant ce matin, dit Pierre, mais après avoir vu le phénomène à Béland, je n'en doute même plus!

Les gars continuèrent leur chemin ensemble, chacun regagnant son domicile respectif. Ce soir-là, ils avaient congé, Julien ayant décidé de les laisser respirer un peu avant la dure semaine qui les attendait. En effet, ils auraient trois séances d'entraînement au cours des soirs à venir, en plus des cours d'éducation physique durant la journée. Il restait moins de deux semaines avant la Coupe nationale, et il fallait multiplier les efforts pour être prêts le grand jour venu.

* * *

Suzie était assise à la table devant son déjeuner, auquel elle n'avait pas touché. Pierre et Hugo dévoraient leurs rôties qui croulaient sous la confiture de fraises maison de Babouchka. Guy était déjà parti. Propriétaire d'un gym, il se faisait un devoir d'ouvrir l'établissement chaque matin à l'aube. Il en profitait pour faire sa routine d'exercices avant de revenir à la maison pour déjeuner.

Maroussia pénétra dans la pièce et jeta un regard désapprobateur à sa fille.

— Suzie! Tu sais que je ne veux pas que le chat s'approche de la table.

Suzie jeta un regard vers Grison, son chat aux poils gris et blancs. En fait, elle n'avait même pas réalisé qu'il était là, sur ses genoux. Elle secoua les cuisses afin qu'il quitte sa confortable position.

— Tu ne manges pas? s'inquiéta sa mère.

— J'ai pas faim…, répondit Suzie d'une voix distraite.

— Qu'est-ce qui se passe, mon lapin? demanda Maroussia en s'approchant de sa fille pour poser une main sur son épaule.

— Ils vont distribuer les rôles aujourd'hui… et ça me stresse.

— Ben voyons donc! fit Pierre entre deux bouchées. Tu vas pas capoter pour une pièce de théâtre…

— Je capote pas! Je veux un rôle dans la pièce. Et si c'était celui d'Anaïs, ce serait tellement merveilleux…

— Tu sais, ma chérie, reprit Maroussia, ce ne serait pas si grave si tu n'obtenais pas le rôle principal. Je te le souhaite de tout cœur, mais il ne faudra pas être trop déçue si tu ne l'as pas…

— Mais tu le sais, toi, maman, combien j'ai mis de temps pour apprendre le rôle par cœur et combien de fois on a répété!

— Je le sais, oui, et si tu obtiens le rôle d'Anaïs, tu vas l'avoir mérité. Mais si c'est un autre rôle, ce sera bien quand même.

— Ouais! fit Suzie qui n'avait pas l'air convaincue.

– Moi, ça me dérangerait pas de pas avoir de rôle ! lança Pierre en haussant les épaules.

– T'es sûr d'en avoir un ! répliqua Suzie. Il manquait de gars… tandis que les filles, y en avait trop !

– Allez ! fit Maroussia en regardant sa fille. Mange un peu… La confiture de Babouchka est si bonne !

– C'est pas grave si elle en mange pas ! reprit Pierre d'un air moqueur. Ça va nous en faire plus !

– Gnangnan ! fit Suzie en tartinant sa rôtie d'une épaisse couche de confiture.

* * *

Les filles étaient dans leur coin habituel, près des cases, et attendaient avec impatience la fin de la récréation. Elles savaient qu'après cette pause Rose Béland appellerait quelques-unes d'entre elles pour annoncer la distribution des rôles.

— Les gars sont chanceux! déclara Véronique en regardant en direction des Dragons. Ils ont eu leurs rôles avant nous!

— Ouais! fit Suzie. Moi, j'en peux plus d'attendre!

— Quand je pense que c'est Brain qui a eu le rôle masculin principal! lança Maude d'un air amusé.

— En tout cas, il oubliera pas son texte! dit Malorie. Il est tellement bolé!

— Ç'a pas rapport! fit Suzie avec un haussement d'épaules. N'importe qui peut oublier son texte!

Lorsque la cloche indiquant la reprise des cours retentit, les filles regagnèrent leur salle de classe en se bousculant presque pour y entrer. Une demi-heure plus tard, on frappa à la porte. Suzie était attendue au bureau de Rose Béland. Elle se leva d'un bond et sortit sous le regard rempli de curiosité de ses amies.

Rose était assise sur une chaise droite et tenait une feuille entre ses mains. Elle la déposa sur ses genoux en voyant Suzie qui entrait.

— Bonjour, Suzie! fit-elle d'un air enjoué. Ça va?

— Je sais pas trop, répondit la jeune fille, nerveuse. Ça va dépendre si…

— Si tu joues dans la pièce? l'interrompit Rose.

— Oui… c'est ça, oui…

— Eh bien, ma belle… tu as un rôle dans la pièce.

Un grand sourire se dessina sur le visage de Suzie.

— Oh! Merci! fit-elle, folle de joie. Et ce sera quel rôle? demanda-t-elle en espérant que Rose allait prononcer le prénom d'Anaïs.

— Celui de Pénélope.

— Ah…, fit Suzie en tentant de cacher sa déception. Et qui va jouer le rôle d'Anaïs?

— C'est Anaïs Saint-Marc. Je viens de le lui annoncer. Bizarre, quand même, ajouta-t-elle aussitôt, elle porte le même prénom que son personnage!

— C'est bizarre, oui, dit Suzie sans enthousiasme.

— Tu n'as pas l'air contente d'avoir le rôle de Pénélope, remarqua l'enseignante d'un air préoccupé. Je me trompe?

— Ben… non… je suis contente. Mais… je me demande ce que j'ai fait de pas correct pour ne pas avoir le rôle d'Anaïs.

— Oh! Mais tu n'as rien fait de pas correct! dit Rose pour la rassurer. En fait, tu as très bien joué, et c'est pour ça que je te donne le rôle de Pénélope, qui est le deuxième en importance chez les filles. Mais, tu comprends, Anaïs Saint-Marc suit des cours d'art dramatique depuis déjà deux ans. Alors, ça lui a donné une longueur d'avance pour son audition.

— Ouais! Je comprends, dit Suzie en se résignant. C'est vrai que Pénélope est un beau rôle aussi.

— Allez! fit Rose en lui souriant. Retourne à ton cours, ma belle! Et prépare-toi pour être la meilleure Pénélope au monde!

Suzie sourit à Rose. Elle la trouvait vraiment gentille, cette prof-là!

Pendant le reste de l'avant-midi, quatre autres filles furent convoquées au bureau de Rose, dont Malorie et Véronique qui, ravies, se virent offrir des rôles secondaires. L'heure du lunch fut joyeuse à la table des Pirouettes. Les filles jacassaient comme des pies.

— J'aurais tellement aimé ça, jouer Anaïs, dit Suzie, mais bon! Pénélope, c'est pas mal non plus…

— C'était pas évident de se mesurer à des filles d'art dram! fit Malorie.

— C'est sûr! reprit Suzie. Mais j'ai quand même hâte à la première répète!

— Moi aussi! fit Véronique en se dandinant sur sa chaise.

— T'aurais pas le goût d'arrêter de bouger un peu? lui dit Maude. Tu m'étourdis…

Véronique se mit à rire en se dandinant davantage. Maude secoua la tête en soupirant.

COMPÉTITION SOUS PRESSION

Pierre, Mouf, Dic, Denis, Charlie et Brain se rendaient chez Alex qui les avait invités la veille. Ils arrivèrent chez leur ami après une dizaine de minutes de marche, montèrent l'escalier menant à l'entrée principale de la résidence et attendirent qu'on vienne leur ouvrir.

Ce fut Alex lui-même qui se présenta à la porte. Tout sourire, il fit signe à ses amis d'entrer.

— Enlevez vos manteaux, les gars ! lança-t-il en déplaçant son fauteuil roulant vers le salon.

— On les met où ? demanda Dic.

— Sur ta tête ! répondit Brain du tac au tac.

— Sur la chaise dans l'entrée, précisa Alex, amusé par la remarque de Brain, alors que Dic avait fait semblant de ne pas l'entendre.

Une fois installés au salon, les garçons se mirent à discuter de divers sujets, comme la séance d'entraînement de l'avant-midi qui avait été particulièrement exigeante, la Coupe nationale qu'ils espéraient gagner, la pièce de théâtre dont ils parlaient toujours à la blague.

— Et toi? s'informa Pierre une fois qu'Alex eut entendu les dernières nouvelles. Comment tu vas?

— Bien! répondit son ami pendant qu'un sourire naissait sur son visage. J'ai levé et plié les jambes pour la première fois sans aide hier…

— Et c'est seulement maintenant que tu nous dis ça?! s'écria Mouf.

— Je voulais avoir de vos nouvelles avant, reprit Alex. Mais j'avais hâte que vous vous la fermiez! ajouta-t-il en riant.

— C'est super, ça! fit Dic.

— Hyper *cool*! fit Pierre. T'attends quoi pour nous montrer ça?

Alex fit bouger ses jambes sous le regard réjoui de ses amis. Retenant son souffle, il réussit à soulever un peu la jambe gauche, puis la droite, et les plia doucement avant de les reposer sur les appui-pieds. Puis il relâcha sa respiration. Ces petits mouvements lui avaient demandé de gros efforts, mais il en retirait une telle fierté!

— Wow! fit Brain. Génial, mon vieux!

— Si tu continues, tu vas faire le camp de sélection avec nous à l'automne! reprit Denis.

— Mets-en pas trop! fit Alex en riant. Une étape à la fois… C'est ce que me dit toujours mon kinésithérapeute.

— Tiens! T'as attrapé la maladie de Brain! rétorqua Dic. Tu nous sors des mots à mille piastres, toi aussi!

— D'habitude, je dis juste kiné, précisa Alex.

— C'est le spécialiste qui l'aide à faire ses exercices de réhabilitation, dit Brain à l'intention de Dic.

— Ben oui ! C'est sûr que tu savais ça, toi ! fit ce dernier en grimaçant.

* * *

Dans le gymnase de l'école, les Pirouettes achevaient de répéter la chorégraphie qu'elles exécuteraient le lendemain, en compétition. Depuis trois heures, elles y avaient mis toutes leurs énergies. Véronique, elle, continuait à sautiller en se rendant à la douche. Elle ne semblait jamais fatiguée !

Quand elles se retrouvèrent dehors, les filles virent Bianca se diriger vers elles en mangeant un gros cornet de crème glacée molle.

— Ça a l'air bon! lança Maude d'un air moqueur. Même ton nez a l'air d'aimer ça!

Bianca comprit qu'elle avait de la crème glacée sur le bout du nez et fit un mouvement rapide avec sa main pour l'essuyer.

— Je voulais venir voir votre répète… mais je me suis levée pas mal tard, dit-elle avant de donner une grande léchée à son cornet. On a eu une grosse soirée à la maison, hier…

— Laisse-moi deviner, reprit Maude. Vous avez reçu le premier ministre! Non, c'est pas assez, ça… La reine d'Angleterre en personne!

— T'es pas drôle, Maude Villemure, dit Bianca tandis que les autres filles éclataient de rire.

— Lâche-la un peu, dit Véronique à Maude. Alors, c'était qui, votre visite? demanda-t-elle en se tournant vers Bianca qui continuait de lécher la crème glacée.

— Ma marraine! répondit-elle d'un air ravi.

— Ta marraine! répéta Suzie. Et c'est supposé nous impressionner, ça?

— Si vous saviez c'est qui, commença Bianca d'un ton mystérieux, ça vous impressionnerait sûrement, oui...

— C'est qui? s'informa Véronique, curieuse.

— C'est... une grande comédienne!

— Qui? firent les filles simultanément.

— Je peux pas le dire, répondit Bianca. Désolée...

— Ben voyons donc! lança Suzie avec étonnement.

— Pourquoi tu peux pas le dire? la questionna Malorie qui, jusqu'alors, s'était contentée d'écouter.

— Parce que… parce qu'elle veut pas parler de sa vie privée. Elle veut pas qu'on dise des choses sur elle. Les journalistes sont toujours après elle, vous comprenez…

— C'est n'importe quoi! lança Suzie avec un haussement d'épaules.

— Bon! dit Maude en se mettant à marcher. J'en ai assez entendu pour aujourd'hui.

Suzie et Malorie lui emboîtèrent le pas alors que Véronique traînait derrière, suivie de près par Bianca qui tentait de lui parler.

— C'est pas *cool*, ton affaire! lui dit Véronique. Tu commences à dire quelque chose et tu finis pas!

— Je te jure, Véro, que c'est vrai… et que je peux pas parler.

— Ben alors, fallait pas parler du tout!

— Si on était amies, reprit Bianca, je pourrais peut-être te la présenter un jour.

Véronique se tourna vers elle et la regarda, songeuse.

— Si on était amies, tu m'inviterais chez toi, des fois? demanda-t-elle en se disant qu'il serait agréable de visiter une maison de riches.

— Peut-être, répondit simplement Bianca.

— Moi, en tout cas, je t'inviterais chez nous, mais… faudrait pas que tu t'attendes à une grosse maison comme la tienne.

— C'est pas grave! fit Bianca en espérant que Véronique deviendrait son amie.

— On verra! lança Véronique avant de se mettre à courir. Je vais rejoindre les filles, ajouta-t-elle en se tournant pour ensuite reprendre sa course en direction du trio, plantant Bianca là, au milieu de la cour d'école.

* * *

Francis Villemure entra dans la maison. Au salon, les garçons se lançaient tour à tour un ballon de soccer en discutant.

— Hé! Les gars! fit Francis. Attention! Vous êtes dans le salon!

— On est habiles, dit Alex. On l'a pas échappé une fois.

— Alors, reprit aussitôt son père, Alex vous a montré ses progrès? Il a fait beaucoup d'efforts, mon gars, pour en arriver là, enchaîna-t-il avant qu'ils puissent répondre. Je suis vraiment fier de lui!

— C'est vrai que c'est l'fun de le voir bouger les jambes, dit Pierre. Ça veut dire qu'il va remarcher.

— C'est sûr! fit Mouf qui, jusque-là, en avait toujours douté.

— Salut tout le monde! lança Maude d'une voix retentissante en entrant dans la maison, suivie de Suzie, Malorie et Véronique.

— Salut! fit simplement Alex.

— Oh! Y en a, des Dragons, dans ce salon-là! remarqua Suzie en voyant les garçons.

— Assez pour mettre le feu! dit Malorie, rougissant à la vue de Dic qui riait de la blague.

— Venez, les filles! dit Maude en agrippant Malorie par le bras. On va aller dans la cuisine... Je meurs de faim!

— Moi aussi! fit Véronique en la suivant.

Elles s'installèrent à table pendant que Maude fouillait dans le réfrigérateur.

— Il y a du jambon cuit, dit-elle en saisissant le paquet de viande. Des sandwichs, ça vous tente?

— Ça va pour moi, répondit Malorie.

— Pour moi aussi, dit Suzie. On va t'aider à les préparer.

— J'espère bien! fit Maude pendant que les filles se levaient pour la rejoindre.

— Malou…, commença Suzie à voix basse en s'approchant de Malorie. Essaye d'arrêter de rougir comme une tomate quand tu regardes No Name. Tout le monde va finir par s'apercevoir que tu trippes sur lui…

— Ça paraît tant que ça? s'exclama la jeune fille, extrêmement mal à l'aise.

— Ben… c'est pas si terrible que ça… Mais si tu continues, ça va finir par paraître.

— Et tout le monde va savoir que t'as pas de goût! se moqua Maude en riant.

— Oh! Toi! fit Malorie.

— Les tomates, dit Véronique, on les aime mieux dans les sandwichs que comme couleur de face !

— Parlant de sandwichs, reprit Malorie, mangez-les donc ! Comme ça, vous allez arrêter de vous moquer de moi…

— Pourquoi vous vous moquez de Malou ? s'enquit Alex qui arrivait derrière elles, suivi de Dic.

— Euh ! Ça te regarde pas…, répondit Maude à son frère. Puis, vous faites quoi, ici ? Vous nous espionnez ?

— Ça, ce serait plutôt ton genre, Mo ! lança Dic.

— Appelle-moi pas Mo… Tu sais que j'haïs ça !

— Les chips sont dans le haut du garde-manger, dit Alex en ouvrant la grande porte de l'armoire. Tu les prends, Dic ?

— Ouais! fit ce dernier en s'étirant pour attraper le sac de croustilles.

— *Bye,* les filles! dit-il en retournant au salon avec Alex. *Bye,* Mo! lança-t-il de son air moqueur, pendant que Maude lui faisait une grimace.

— Oh! Les gars! fit-elle en soupirant bruyamment. Ils m'énervent tellement!

* * *

Suzie sauta en bas de son lit. Enfin dimanche matin! Elle attendait ce jour depuis deux semaines déjà. Dans une heure, elle partirait avec ses parents et ses amies pour une compétition des Pirouettes. Une compétition régionale. Les filles avaient répété leur chorégraphie des dizaines et des dizaines de fois. On avait nolisé un autobus afin que tous voyagent ensemble. Les parents derrière et les filles devant, avec Marie-Pier, leur coach. Après avoir pris une douche, elle descendit à la cuisine.

— Allo, m'man! Je meurs de faim! s'écria-t-elle en rentrant dans la pièce, ses cheveux mouillés formant encore plus de boucles.

— J'ai fait une omelette, dit Maroussia.

— Mioum! T'es fine! s'exclama Suzie en s'asseyant à table.

— On mange quoi? se renseigna Pierre qui arrivait à son tour.

— Bonjour, Pierre! dit sa mère.

— On mange quoi?

— Bonjour, Pierre, répéta Maroussia.

— Ouais… bonjour, fit Pierre qui se rappelait que sa mère aimait être saluée avant de commencer une journée. Tu fais une omelette?

— On ne peut rien te cacher! déclara Maroussia en lui souriant.

— Vous partez à quelle heure ?

— Dans moins d'une heure... On est presque en retard, répondit sa mère en regardant l'horloge. Babouchka et Hugo viennent avec nous.

— Ah ouais ! Elle est en feu, la grand-mère ! dit Pierre en regardant son aïeule qui terminait son petit-déjeuner.

— Ça fait si longtemps que je veux aller voir une compétition, dit Babouchka d'un air ravi. On est chanceux, il restait de la place dans l'autobus.

— Vous revenez pas souper ?

— Non, répondit Maroussia. Il y a une grosse lasagne dans le réfrigérateur. Tu pourras en prendre, si ça te tente.

— C'est sûr que ça va me tenter ! répondit Pierre en salivant déjà à la pensée de la lasagne de sa mère, qui était sûrement la meilleure au monde !

* * *

L'autobus était immense. Les parents et autres accompagnateurs montèrent à bord en premier, puis ce fut le tour des Pirouettes. Suzie, Maude, Malorie et Véronique s'arrangèrent pour occuper une même rangée de sièges. De cette façon, elles pourraient bavarder à leur aise. Il y avait de la fébrilité et une certaine nervosité dans l'air. Les filles avaient du mal à tenir en place… surtout Véronique.

— Il y a une toilette en arrière, précisa Suzie en regardant Malorie qui était assise à côté d'elle. Je dis ça au cas où t'aurais mal au cœur…

— Non! Je pense que ça va être correct.

— Eille! Les filles! fit Maude en jetant un regard en direction de ses amies. On va gagner, hein?

— C'est sûr! fit Véronique d'un air assuré.

— J'espère! fit Malorie.

— Ce serait l'fun en crime! s'exclama Suzie. On a pratiqué comme des malades!

L'autobus se mit à avancer alors que les filles rêvaient en silence de la belle médaille qu'elles espéraient remporter. Une médaille d'or! pensaient-elles, osant à peine y croire.

* * *

Charlie marchait sur le trottoir, tenant en laisse Cléo, sa chienne Labrador brun chocolat, et réfléchissait aux matchs à venir. Il éprouvait une certaine anxiété à l'idée de jouer pour la Coupe nationale. Si au moins son père cessait de lui en parler! Carlo voulait tellement que les Dragons gagnent et que son fils reçoive tous les honneurs!

Charlie arriva devant la résidence des Lambert et enjamba les marches menant au perron. Il frappa à la porte et Pierre vint lui ouvrir.

— Salut!

— Salut! répondit Charlie en entrant. C'est rare que c'est tranquille comme ça, ici, ajouta-t-il, une fois dans la cuisine.

— Oui, répondit Pierre en mettant la lasagne au four. Même Babouchka est allée à la compétition de Suzie.

— Mes parents sont allés aussi.

— Même ton père?

— Oui... il a pas pu s'en sauver, répondit Charlie en souriant. Mais même s'il aime pas vraiment le *cheerleading*, ajouta-t-il plus sérieusement, je sais qu'il aime ça quand les Pirouettes gagnent et que Malou arrive avec une médaille.

* * *

Les filles se dirigèrent vers le gymnase et furent surprises de constater à quel point les lieux étaient immenses. C'était le plus grand gym qu'elles avaient vu jusque-là. Et il y avait beaucoup de gradins, où la plupart des accompagnateurs étaient en train de prendre place. Suzie vit ses parents et Babouchka qui ne la quittaient pas des yeux. Elle leur sourit pendant qu'Hugo la saluait de sa petite main.

Après une heure pendant laquelle elles regardèrent évoluer les autres équipes, les Pirouettes avancèrent dans la grande salle et se placèrent pour exécuter leur chorégraphie. On entendit bientôt la musique rythmée tirée d'une chanson de Karen Lopez, une jeune artiste américaine très populaire. Les filles se mirent à danser en exécutant des mouvements saccadés et synchronisés avant de revenir se poster en petits groupes pour soulever les voltiges. Les spectateurs étaient visiblement ravis de la prestation.

* * *

— On a manqué la fin du match du National hier soir, dit Charlie entre deux bouchées de lasagne. Une panne d'électricité dans mon quartier à douze minutes de la fin ! Trop poche !

— Alors t'as manqué les deux derniers buts de Marc Gagnon ? C'était malade ! Deux buts en cinq minutes !

— Je sais, oui. C'était dans le journal à matin.

— Et Templeton s'est encore battu ! Je te dis qu'il est facile à allumer, celui-là…

— Je suis pas sûr que j'aimerais ça, jouer dans la Ligue nationale. Les joueurs sont toujours dans les journaux et tout le monde surveille ce qu'ils font. Ça doit pas être reposant !

— Moi, ça me dérangerait pas ! N'importe quoi pour jouer avec le National !

— Ça te fait peur, toi, les matchs de la Coupe ?

— Peur ! Pourquoi ça me ferait peur ?

— Ben… je sais pas… C'est de la grosse pression, non?

— Ouais, mais on est habitués. C'était la même chose pour les séries.

— Mon père dit qu'aux matchs de la Coupe il y aura des dépisteurs de la Ligue nationale.

— Ben moi, je trouve ça super *cool*!

— C'est *cool*, reprit Charlie avec une certaine hésitation. Mais ça sera pas reposant devant les buts…

— Qu'est-ce qui te prend? demanda Pierre, soucieux.

— Je sais pas trop, répondit Charlie. On dirait que je me sens plus nerveux que d'habitude…

— Eille! Charles Simard! T'étais le deuxième gardien quand t'es arrivé dans l'équipe, pis là, t'as surpassé Maxime et t'es dans les buts plus souvent que lui!

— Ouais! C'est vrai, admit Charlie. On devrait parler d'autre chose… C'est poche, mon affaire!

* * *

— Encore une médaille d'argent! lança Maude, presque déçue, en sortant de la polyvalente.

— Ouais, fit simplement Malorie.

— Crotte de bines! fit Véronique. C'est donc ben dur de gagner une médaille d'or!

— On en veut tellement une que ça va bien finir par arriver, dit Suzie, le visage rempli d'espoir.

— En tout cas, on a une autre médaille d'argent, reprit Véronique. Et même si c'est pas une médaille d'or, moi, je suis bien contente!

Les coéquipières échangèrent un regard, puis se mirent à sourire. Suzie regarda sa médaille en montant dans l'autobus et son visage s'éclaira.

LA RÉPÉTITION

Dans une salle de classe vide, les garçons et les filles discutaient en attendant Rose Béland.

— Les gars, commença Denis comme s'il ne réalisait pas que les filles étaient présentes, les Chauves-souris, c'était malade!

— C'est vrai! fit Pierre. T'allais au *show* en fin de semaine!

— C'était malade? répéta Mouf. J'en doute même pas! Ils sont tellement *hot*!

— Vous auriez dû voir les spots de toutes les couleurs et la fumée qui sortait de partout! Complètement débile!

— Moi, leur musique m'énerve, dit Maude en se mêlant à la conversation. On dirait que le chanteur a mal au ventre quand il chante! alors que les autres filles éclataient de rire.

— Tu connais rien là-dedans! fit Mouf, se portant à la défense de son groupe préféré.

La porte de la salle s'ouvrit et les yeux se tournèrent vers la nouvelle venue.

— Il était temps qu'elle arrive! lança Suzie en voyant Anaïs Saint-Marc.

— T'arrives en retard, comme les vraies vedettes! dit Maude en riant.

— J'avais oublié mes chaussures de soccer chez moi, répondit Anaïs, et j'ai une pratique après l'école.

— Tu joues au soccer? fit Maude avec un certain intérêt.

— Oui, répondit Anaïs en arborant un grand sourire. J'adore ça!

— Moi, ça m'a déjà tentée, dit Maude alors que la porte de la salle s'ouvrait de nouveau.

Rose venait de faire son entrée, accompagnée de son assistante qui passa presque inaperçue tant l'accoutrement de l'enseignante était remarquable. Ce jour-là, elle avait choisi de porter de longues bottes de cuir rouges sur un jeans bleu moulant. Une tunique noire agrémentée d'une large ceinture rouge couvrait le haut de son corps jusqu'aux cuisses. Des anneaux en argent pendaient de ses oreilles, alors que ses lunettes noires rectangulaires lui donnaient un air plus sérieux que d'habitude.

Mouf donna un petit coup de coude à Dic. Ils échangèrent un regard et retinrent un fou rire.

— Alors, tout le monde est en forme? lança Rose de sa voix énergique.

Quelques-uns répondirent par l'affirmative, alors que d'autres se contentèrent de hocher la tête.

— Pour ce matin, continua-t-elle, nous allons faire une répétition, mais avec seulement quelques éléments de décor. Parlant décor, ajouta-t-elle en s'adressant à Antoine, ton père n'a pas changé d'idée? Il va venir nous donner un coup de main pour construire la façade du château?

— Oui, m'dame! répondit Mouf en affichant un sourire.

Le fait que son père, ébéniste de métier, fasse profiter le groupe de théâtre de son talent suscitait chez lui une certaine fierté.

— Parfait! fit Rose. Bon! Antoine et Maude, reprit-elle aussitôt, vous aurez juste quelques éléments à déplacer, mais il faudra le faire aux bons moments. J'espère que vous avez lu le texte.

– Oui, répondit Maude avec assurance, alors que Mouf hochait la tête sans grande conviction.

– Bon! Placez-vous. On va jouer la scène où les principaux personnages arrivent devant la porte du château. Anaïs… Justin… avancez jusqu'ici. Antoine, Maude, installez la porte… Elle est derrière les rideaux là-bas.

Maude et Mouf s'exécutèrent. Ils placèrent l'une à côté de l'autre les deux grandes portes fabriquées par le père de Mouf. Soutenues par des planches de bois, les portes hautes et étroites étaient peintes en gris. Sur l'une d'elles se démarquait un gros carillon doré. Anaïs Saint-Marc et Brain avancèrent lentement en regardant autour d'eux, comme il était indiqué dans le texte. Anaïs, toute menue, frissonnait et son visage marquait la peur. Elle était très crédible dans son interprétation. Derrière ses lunettes, les yeux de Brain se faisaient très grands, à l'affût de tout ce qu'il pourrait voir.

Une fois devant la porte, ils s'immobilisèrent pendant que Suzie, Pierre, Malorie et Véronique les rejoignaient. Tous semblaient effrayés. Rose aimait ce qu'elle voyait. Ces jeunes avaient du talent!

— Joey! fit Rose, s'adressant à un gars de sixième qui devait faire son entrée un peu plus tard. Va avec eux tout de suite… Ça manque de garçons!

Joey, un grand colosse aux longues jambes, s'avança pour rejoindre ses amis. Il adopta une mimique apeurée qui n'allait pas très bien avec sa stature, mais comme tout le monde semblait terrifié, il finit par se fondre aux autres.

— Vous pouvez reprendre, dit Rose en regardant le petit groupe.

— On fait quoi là? questionna Anaïs en regardant ses compagnons de jeu.

— On entre, répondit Brain, pas très rassuré.

— Et s'il y avait des fantômes là-dedans… on fait quoi?

— Ça existe pas, les fantômes! trancha Brain. Allez! On va tout de même pas passer la nuit dehors.

Comme il terminait sa phrase, on entendit crier un loup. En fait, c'était Denis qui, caché derrière les rideaux, imitait le cri de l'animal.

— Un loup! s'écria Suzie, effrayée.

— Des loups! précisa Brain. Ça vient rarement tout seul, ces bêtes-là!

— Hé! C'est quoi, cette réplique? intervint Rose. C'est pas dans le texte.

— Désolé, fit Brain en se retenant pour ne pas pouffer alors que Mouf, lui, y allait d'un grand éclat de rire.

— Un peu de sérieux, Antoine! ordonna Rose. C'était bien parti! Et toi, Justin… j'apprécierais que tu t'en tiennes à ton rôle.

— Oui, m'dame, fit Brain en se tournant pour dissimuler son sourire.

— Bon! On continue! annonça Rose en s'éloignant pour regarder la scène d'un peu plus loin.

— Il faut ouvrir les portes! murmura Maude à Mouf qui restait immobile. Les portes! répéta-t-elle en lui jetant un regard impatient.

— Ah oui. C'est vrai, fit Mouf en s'exécutant maladroitement.

Malorie lâcha un grand cri qui surprit tout le monde. Suzie sursauta et même Dic, caché sous son costume d'arbre, tressaillit.

— C'est quoi, ce grand cri de mort là? demanda Rose qui elle-même avait senti son cœur faire un bond dans sa poitrine.

– Depuis quand ça crie, des morts? murmura Brain à l'oreille de Charlie qui faillit éclater de rire.

– Tu dois faire un petit cri, reprit Rose. Un petit cri apeuré, c'est tout. Tu ne dois pas réveiller tous les habitants de la montagne qui mène au château!

Malorie la regarda d'un air désolé.

– Allez! On reprend.

Les jeunes allaient reprendre là où Malorie devait crier quand on entendit un gros éternuement. Un éternuement si fort que tous se retournèrent vers Dic... ou plutôt vers l'arbre qui s'agitait sous un second éternuement. Les feuilles en tissu vert bougeaient dans tous les sens. On ne voyait que les yeux de Dic qui sortaient des trous du déguisement et fixaient les autres, confus.

Cette vision déclencha un fou rire général. Même Rose osa un petit sourire.

— Je m'excuse, madame, dit l'arbre. Ça doit être le déguisement qui me fait ça…

Derrière lui, Denis s'était avancé sans faire de bruit. Quand il fut tout près de Dic, il se mit à japper comme un gros chien. Dic sursauta et ses feuilles se mirent encore à trembler. Tout le monde se mit à rire de nouveau.

— Non, mais c'est n'importe quoi! lança Rose, contrariée. Un peu de sérieux, s'il vous plaît! Vous imaginez-vous faire des niaiseries comme ça le soir où on va présenter la pièce?

— Oui! répondit Mouf en se pointant dans l'embrasure de la porte. Euh! Je voulais pas dire ça…, continua-t-il alors que tous retenaient un nouvel éclat de rire.

— Allez! On reprend… encore une fois! soupira Rose. On reprend au moment où Malorie pousse son cri… son PETIT cri.

Malorie laissa donc échapper un petit cri devant les portes qui s'ouvraient toutes seules, grâce à Mouf et Maude, cachés derrière. Comme le petit groupe allait franchir ces portes, une odeur nauséabonde se répandit autour des comédiens. Une odeur tellement forte et mauvaise que tous eurent le réflexe de s'enfuir. Une odeur incroyable... celle du pet que Mouf venait de lâcher.

— Vous allez où comme ça? cria Rose en voyant les jeunes courir en tous sens pour se rendre à l'autre extrémité de la salle.

Même l'arbre avait déguerpi pour trouver un coin plus propice à la respiration.

— Sainte grenouille! lança Rose quand l'odeur parvint à ses narines. Quelle horreur! ajouta-t-elle en regardant Mouf qui se tenait seul devant les portes, ne sachant plus trop que faire.

— C'est toi qui as fait ça? dit-elle en se pinçant le nez.

— Y a juste lui pour faire ça! lança Pierre, une main couvrant à la fois sa bouche et son nez.

— C'est dégueulasse! lança Maude avant de retenir à nouveau sa respiration.

— Je comprends pourquoi tous les gardiens de but te haïssent! dit à son tour Suzie.

— Il reste seulement cinq minutes à la répétition, dit Rose dans un élan de courage. On va arrêter ça là pour aujourd'hui. Vous pouvez vous rendre à votre prochain cours.

Sans plus attendre, le groupe se précipita vers la porte de la salle. Seul Mouf resta planté sur place, presque asphyxié lui-même par l'odeur qu'il dégageait. Et là, il fut secoué par un fou rire qui dura un bon moment, avant de quitter la place.

LA COUPE NATIONALE

Les Dragons étaient installés dans l'autobus qui les transporterait jusqu'à Sherbrooke, où se tenait cette année-là la compétition de la Coupe nationale. Ils passeraient le long week-end de Pâques en Estrie, du moins ils l'espéraient. En ce jeudi après-midi pluvieux, l'atmosphère était plutôt détendue dans l'autobus. Derrière, les parents discutaient ; en avant, les joueurs, ravis de retrouver leur coéquipier, bavardaient avec William Sauvé, enfin de retour au jeu après un mois d'absence à la suite d'une pneumonie. Will se mêlait peu aux autres, mais son retour avec l'équipe semblait le rendre un peu plus volubile. « Je suis content d'être revenu », avait-il dit à ses coéquipiers.

Pierre choisit intentionnellement le siège près de celui de Charlie. Il voulait voir si son ami se sentait confiant. Mais ce serait difficile, car Charlie parlait peu et pouvait se fermer comme une huître s'il ne désirait pas aborder un sujet.

— Ça va? demanda Pierre alors que l'autobus roulait depuis quelques minutes.

— Ouais, répondit Charlie, sans plus.

— Comment tu te sens… je veux dire, pour le match? reprit Pierre à voix basse.

— Pas si mal, dit le gardien de but en haussant les épaules. Mais j'ai pas beaucoup dormi la nuit dernière.

— C'est poche, ça, dit Pierre d'un air préoccupé.

— C'est pas grave, reprit Charlie. Je devrais être capable de pas m'endormir devant le but, ajouta-t-il, un peu moqueur.

— J'espère! Parce qu'une rondelle dans le front, ça réveille en crime! Même derrière un masque…, spécifia Pierre en riant.

* * *

Véronique sortit de l'école, une ganse de son sac à dos passée à l'épaule. Elle sautilla jusqu'au trottoir et s'immobilisa en voyant Bianca qui la rejoignait en souriant.

— Salut, Véro! Le trio est pas avec toi?

— Non. Les filles sont parties à Sherbrooke avec leurs familles et Maude est allée aussi. C'est la Coupe nationale en fin de semaine.

— La Coupe nationale…, répéta Bianca, qui ne savait pas trop de quoi parlait Véronique.

— Oui. C'est un genre de tournoi pour les meilleures équipes de la ligue peewee… ben, pour toutes les catégories, je pense. Je sais pas trop. Je connais pas grand-chose au hockey.

– Et toi, tu fais quoi en fin de semaine?

– Dimanche, il y a un gros souper chez nous, mais à part ça, je sais pas. Eille! J'y pense, pourquoi tu m'invites pas chez vous

Pirouettes
Trois-Rivières

Véronique Bérubé

Surnom: Véro ou «La sauterelle»

Âge: 10 ans

Taille: 138 cm (4 pi 6 po)

Position: voltige

Véronique semble être née pour voler! Toujours en train de sautiller sur une patte ou sur l'autre, jamais elle ne se fatigue. Pas surprenant que son fruit préféré soit la grenade: elle est une vraie bombe d'énergie!

Ce qu'elle aime du *cheerleading*: Ne plus avoir les pieds sur terre! Quand on la lance comme un projectile dans les airs, elle en oublie presque les potins qu'elle collectionne, tellement elle tourbillonne.

Véronique Bérubé

vendredi ou samedi? J'aimerais ça, voir ta maison! dit-elle d'une voix pleine d'espoir.

— Oh! Non… je peux pas…, bredouilla Bianca qui tentait de dissimuler son embarras. Mes parents ont de la grande visite.

— Ah oui? Qui ça?

— De la parenté des États-Unis. Le frère de ma mère. Il a des hôtels en Floride. Il est riche, lui aussi! Et des fois, on va en Floride dans ses hôtels…

— Ah? fit Véronique avec intérêt. T'es déjà allée en Floride?

— Plusieurs fois, répondit Bianca en levant le menton bien haut avant d'afficher un sourire.

— C'est comment?

— C'est beau… Il fait chaud.

— J'aimerais tellement ça, voyager, moi! lança Véronique d'un air rêveur, gobant tous les mensonges de Bianca. Mais on est cinq enfants, et mes parents ont pas beaucoup d'argent…

* * *

La deuxième période du match tirait à sa fin. En première, les trios avant avaient tenu l'équipe adverse hors de leur zone, bien appuyés par la défense. Pierre avait compté un premier but, alors qu'un joueur des Patriotes de Mirabel avait marqué, pour créer l'égalité. Le reste de la période s'était déroulé sans qu'aucun joueur n'arrive à faire entrer le disque dans l'un des buts.

Le début de la deuxième s'était passé sans éclat. Une partie qui n'avait rien pour faire monter l'adrénaline chez les partisans.

— Non, mais ils attendent quoi pour jouer? avait lancé Carlo Simard d'une voix irritée. On va finir par s'endormir!

— Ce serait trop agréable s'il s'endormait, celui-là! avait murmuré Paul Mercure à l'intention de Guy, qui lui sourit.

Puis le jeu avait tourné en faveur des Patriotes. En moins de six minutes, ils avaient compté deux buts. Aux deux occasions, Charlie avait démontré une grande maladresse. Julien n'y comprenait rien. Moins d'une minute plus tard, une autre rondelle passait par-dessus l'épaule du gardien des Dragons, pris de panique. Julien l'avait rappelé au banc et avait envoyé Maxime à sa place.

* * *

Renaud se retira dans un coin du vestiaire avec les deux gardiens. Il tenta de réconforter Charlie et de motiver Maxime qui devait prendre la relève. Renaud était un bon entraîneur, et il avait le don de passer ses messages de manière très respectueuse. Charlie l'aimait beaucoup. Et c'est pourquoi il tenait à garder pour lui toute la pression que son père mettait sur son dos. S'il en avait parlé à Renaud, il était certain que celui-ci aurait voulu s'entretenir avec Carlo. Charlie n'osait pas imaginer ce que son père pourrait faire comme reproches à l'entraîneur qui, à la suite de cette rencontre, aurait pu décider de lui faire garder moins souvent les buts.

Julien, quant à lui, se chargea de brasser ses joueurs afin de les réveiller un peu.

Les Dragons amorcèrent la troisième période en lions et marquèrent deux fois en moins de cinq minutes. Denis compta l'un des buts, tandis que l'autre fut l'œuvre de Brain. Les Patriotes menaient 4 à 3. L'espoir était de retour pour l'équipe trifluvienne. Mais il fut de courte durée ; les Patriotes marquèrent de nouveau. Maxime était en colère, même s'il était conscient que le but aurait été vraiment difficile à arrêter tant il était bien exécuté. Le reste de la période se déroula près du but des Dragons. Le gardien réussit à sauver l'honneur de son équipe en faisant plusieurs beaux arrêts.

* * *

« C'est une partie à oublier », avait dit Renaud en s'adressant à Charlie.

Dans le vestiaire après le match, Julien avait annoncé aux joueurs qu'il réserverait une salle, à l'hôtel, pour le lendemain matin. Ensemble, ils feraient l'analyse du match et prendraient des mesures afin de mieux jouer pour les parties à venir. La prochaine rencontre les opposerait aux Flammes de Longueuil et aurait lieu le lendemain à 11 h 30. Ils avaient donc le temps de s'y préparer.

* * *

Suzie se tourna entre les draps blancs et jeta un regard en direction de sa mère qui dormait dans le lit voisin. Maroussia ouvrit les yeux à son tour.

— Allo, ma chouette ! fit-elle en souriant à sa fille.

— Ça fait drôle d'être dans la même chambre que toi ! lança Suzie en se levant pour monter dans l'autre lit et se coller contre sa mère. Papa est pas là?

— On dirait bien que non, répondit Maroussia en jetant un regard circulaire. Il n'a vraiment pas fait de bruit; je ne me suis même pas rendu compte de son départ.

— C'était tellement poche, le match, hier! lança Suzie en se tournant sur le côté pour appuyer son coude sur l'oreiller.

— Ça arrive! dit simplement Maroussia.

— Par chance que ça arrive pas trop souvent… parce que moi, j'irais plus aux matchs.

— Il faut soutenir nos joueurs, Suzie. Autant quand ça va mal que quand ça va bien.

— C'est plus facile quand ça va bien, reprit Suzie en souriant.

— Ça, c'est certain! On se lève?

— Oui! répondit Suzie en sautant du lit. Je meurs de faim! Et en plus, ajouta-t-elle d'un air ravi, c'est tellement bon, les déjeuners dans les hôtels!

— J'ai bien l'impression qu'on va retrouver ton père là! Il devait avoir hâte de lire la section sportive du journal!

* * *

Julien avait su trouver les bons mots pour motiver son équipe. Du moins, il l'espérait! La rencontre avait duré presque une heure. Ils avaient fait un retour sur le match de la veille, et les joueurs s'étaient interrogés sur leurs erreurs et leurs bons coups. Renaud avait également eu de bons mots pour ses gardiens. Il avait avisé Maxime qu'il serait devant les buts pour le prochain match. Charlie était à la fois déçu et soulagé, même s'il appréhendait la réaction de son père.

Juste après le déjeuner des joueurs, Carlo rattrapa son fils alors qu'il quittait la salle à manger, son coach sur les talons. Il lui demanda de venir un moment dans la chambre d'hôtel.

— Monsieur Simard, dit Renaud en voyant le jeune gardien suivre son père, je préférerais que Charlie reste avec l'équipe jusqu'au match.

— Ça sera pas long, tenta de le rassurer Carlo. Cinq minutes et je vous le rends!

Renaud n'osa pas argumenter et les regarda s'éloigner, contrarié.

— Charlie, commença Carlo une fois qu'ils furent dans la chambre, tu dois te reprendre aujourd'hui. Hier, t'as été vraiment faible!

— Renaud a dit que c'était une partie à oublier, tenta de se défendre le garçon.

— Ça existe pas, des parties à oublier! lança son père, excédé. Pas quand il y a des dépisteurs dans les gradins!

— J'ai fait ce que je pouvais. Mais je sais pas ce qui s'est passé hier, ça allait mal…

— Ça allait plus que mal, c'était désastreux! C'est pas compliqué, j'avais honte!

— T'avais honte, répéta Charlie. T'avais honte de moi?

— Oui, parce que tu es capable de faire beaucoup mieux. Aujourd'hui, tu vas te reprendre et montrer à tout le monde ce que tu sais faire. Tu entends?

— C'est même pas moi qui va être dans les buts.

— Quoi? s'emporta son père. Il va quand même pas mettre Maxime à ta place!

Carlo soupira bruyamment.

— Tu vois ce que ça te coûte d'avoir manqué à ton devoir? Les dépisteurs ont dû te trouver tellement mauvais… et t'auras même pas la chance de te reprendre aujourd'hui!

— Les dépisteurs, je m'en contrefiche! lança Charlie qui n'en pouvait plus.

Puis, sous le regard ahuri de son père qui resta tout simplement bouche bée, il explosa:

— J'en peux plus, p'pa! T'entends? J'en peux plus que tu veuilles jouer à ma place, que tu me pousses tout le temps, que tu chiales tout le temps après les coachs. J'en peux plus!

— Eille! Tu vas pas te mettre à crier après moi, en plus! lança Carlo en haussant le ton à son tour.

— C'est ta faute! reprit Charlie sur sa lancée. Je veux pas faire une carrière dans la Ligue nationale à tout prix, moi! Je veux juste m'amuser avec mes *chums*.

— Voyons donc! fit Carlo. Ce n'est pas sérieux! Tu sais combien ça nous coûte, à ta mère et à moi, pour te faire jouer dans le double lettre ?

— Oui, je le sais, répondit Charlie. Mais si c'est trop cher, je peux arrêter.

Carlo regarda son fils et prit une longue inspiration.

— Tu ne sais plus ce que tu dis, Charlie, fit-il un peu plus calmement. Il n'a jamais été question que tu arrêtes de jouer…

— Et si je voulais arrêter, moi ? demanda son fils. Tu ferais quoi ?

— Ben, reprit Carlo après un moment de réflexion, j'aurais pas tellement le choix de te laisser faire… C'est ça que tu veux ? ajouta-t-il avec inquiétude.

— Non, admit Charlie, et il vit apparaître le soulagement sur le visage de son père. Mais laisse-moi avoir du fun avec mes amis, p'pa. Là… je commence à ne plus aimer ça, jouer au hockey.

— O.K., fit Carlo. Mais faut quand même que tu donnes ton 110% quand tu es devant les buts !

— Je fais mon possible…

— Ouais ! Ton possible… Mais bon, on en reparlera une autre fois. J'avais dit à ton coach que je prendrais seulement cinq minutes, fit-il en consultant sa montre. Allez ! Va ! Même si t'es sur le banc, faut que t'encourages ton équipe.

Charlie adressa un sourire timide à son père et quitta la chambre, le cœur plus léger. Il avait enfin trouvé le courage de lui dire ce qu'il ressentait.

* * *

Suzie, Malorie et Maude avaient trouvé des places de choix dans les gradins, quelques mètres derrière le banc des Dragons.

— J'espère que ça va être moins plate aujourd'hui ! lança Malorie.

— Ça peut pas être pire ! répliqua Maude.

— En plus, reprit Malorie, mon père a chialé toute la veillée ! J'espère que Charlie va bien jouer aujourd'hui.

— Ton père... il est tellement pas *cool* ! déclara Maude.

— Bof ! fit Malorie avec un haussement d'épaules. Il est pas si terrible... On s'habitue.

— Ça va commencer ! lança Suzie en voyant les deux équipes sortir pour faire leurs exercices d'échauffement.

Malorie et Maude tournèrent le regard vers la patinoire. Les deux équipes formaient des cercles en patinant de chaque côté de la ligne rouge. Devant son but, Maxime s'étirait avant que ses coéquipiers se mettent à lancer des rondelles à toute vitesse dans sa direction. Dos à la baie vitrée, Charlie recevait lui aussi des lancers. Du haut des estrades, son père le contemplait d'un air soucieux, encore secoué par la crise que son fils lui avait faite un peu plus tôt. C'était la première fois qu'il entendait Charlie élever la voix à ce point.

— Hé! Malou! fit Suzie. Charlie est pas devant le but!

— J'ai vu ça, oui, dit Malorie. Pauvre Charlie! Il doit être triste en crime!

De retour sur le banc, les Dragons échangèrent des coups de gants pour se motiver et rehausser au maximum l'esprit d'équipe, sur lequel Julien avait beaucoup appuyé lors de la rencontre du matin. Il avait surtout insisté sur la discipline. C'était essentiel pour gagner, avait-il dit.

* * *

Vers 19 h ce même soir, l'autobus transportant le groupe s'arrêta devant un restaurant asiatique. Dic salivait! D'autant plus que les Dragons avaient gagné les deux parties disputées au cours de la journée. Le premier match s'était déroulé à un train d'enfer. Comme l'avait dit le père de Denis : « La zamboni aura juste un côté de la glace à faire ! » Les Dragons avaient en effet dominé pendant les trois périodes, pour remporter une victoire de 6 à 2 contre Longueuil. Pierre avait réalisé un tour du chapeau, marquant trois buts contre le gardien des Flammes qui n'avait rien pu faire pour les arrêter. De vrais beaux buts !

Puis, le match de 17 h contre les Harfangs de Lévis s'était terminé par le compte de 6 à 4 en faveur des Dragons. Mais le jeu avait bien failli mal tourner quand Maxime s'était montré faible sur deux lancers consécutifs, accordant autant de buts à l'équipe adverse. Renaud l'avait aussitôt remplacé par Charlie. Heureux d'avoir retrouvé sa place devant les buts, Charlie avait su prouver à son coach qu'il méritait sa confiance.

* * *

— C'est trop *hot*! fit Dic en déposant son assiette sur la table avant de s'asseoir.

— T'as le droit d'y retourner, tu sais! fit remarquer Brain en regardant l'assiette qui débordait.

— Tu peux être sûr que ça va arriver! dit simplement Dic en attaquant la montagne de nourriture devant lui.

— Neuf heures trente demain matin! lança Pierre entre deux bouchées. Contre les Stars de l'Outaouais, à part ça! Y paraît qu'ils sont forts…

— J'ai fait quelques recherches sur eux, commença Brain. Et y paraît que leur *goaler* est une machine!

— Va falloir que tu manges des bines pour déjeuner, Mouf! lança Denis en éclatant de rire, imité par le reste de l'équipe.

* * *

Francis Villemure poussa le fauteuil d'Alex jusque derrière la baie vitrée, à côté du banc des joueurs. Le matin même, quand ils avaient su que les Dragons avaient vaincu les Stars de l'Outaouais, les Villemure s'étaient mis en route pour Sherbrooke. Francis demeura avec son fils pendant que son épouse, Lorraine, allait retrouver les parents des Dragons dans les gradins.

Les joueurs sautèrent tour à tour par-dessus le pas de la petite porte qui menait à la patinoire, puis laissèrent leurs patins les entraîner du côté de la glace qui leur était réservé pour l'échauffement. Une musique des plus rythmées enterrait les conversations dans l'assistance.

— Faut qu'on gagne! cria Suzie afin que ses amies l'entendent.

— Oui! cria à son tour Maude, alors que Malorie se contentait d'approuver d'un signe de la tête.

L'aréna de Sherbrooke était plein à craquer en cette finale de la Coupe nationale. Des deux côtés de la patinoire, les partisans de chacune des équipes scandaient des encouragements aux leurs. Sur la galerie de la presse, en plus des journalistes, on pouvait remarquer quelques dépisteurs des ligues majeures.

— P'pa, commença Alex en se tournant vers son père, on est venus ici pour les voir gagner, hein?

— C'est sûr, mon gars! On va repartir avec une victoire!

Alex regardait ses anciens coéquipiers, le cœur chargé d'émotions. Les joueurs des deux équipes patinèrent jusqu'à leur banc respectif tandis que les trios de première ligne demeuraient sur la glace. Quelques-uns virent Alex et le saluèrent, contents de le voir là.

* * *

Maroussia soupira bruyamment.

— Ils vont me faire mourir! lança-t-elle alors que Charlie venait d'arrêter un lancer exécuté à la suite d'une belle échappée.

Tout le monde avait retenu son souffle alors que le joueur des Comètes de Beauport patinait à toute vitesse vers le but des Dragons, maniant la rondelle avec une agilité remarquable. Charlie n'avait rien manqué de sa montée et il avait su anticiper le lancer. Et quand la rondelle s'était logée dans son gant, il l'avait refermé aussitôt avec un grand soupir de soulagement.

Le jeu reprit pour la deuxième période. Pierre, Will et Denis formaient le premier trio, alors que Mouf et Brain se chargeaient de la défense. Pierre gagna la mise au jeu et dirigea la rondelle vers Will qui s'en empara aussitôt. Il fit un tour sur lui-même pour se débarrasser de Patrice Bilodeau, des Comètes, qui collait à lui comme du velcro, et se mit à patiner vers le but adverse. Denis effectua une montée en parallèle. Bilodeau vint s'interposer entre Will et lui. Denis s'approcha sans quitter le disque des yeux et capta la passe de Will en poussant un peu Bilodeau, mais ce dernier lui vola aussitôt le disque.

— Ça t'apprendra, face de singe! fit le joueur des Comètes.

Denis ne commenta pas et fit volte-face pour suivre Bilodeau. Celui-ci se buta à Mouf qui, à son tour, lui enleva le disque pour le lancer à Pierre qui se trouvait un peu plus loin.

— Tiens, mon ti-poulet! fit Mouf à Bilodeau qui était aussi grand que lui.

Le joueur des Comètes lui lança un regard rageur en changeant de direction.

Pierre y alla d'une montée fulgurante avant d'aviser Will qui avait réussi à se poster tout près du but. Il lança en direction de son coéquipier qui frappa sur la rondelle. Celle-ci passa entre les jambières du gardien.

— L'ami de face de singe vient de défoncer ton gardien! déclara Denis en passant à côté de Patrice Bilodeau.

Insulté, le joueur des Comètes s'élança sur Denis et le poussa brutalement. Denis tomba puis se releva sans riposter. Si bien que Bilodeau se fit coller une punition de cinq minutes pour son geste disgracieux. Denis le regarda se diriger vers le banc de punition et se retint pour ne pas rire. Il fallait tout de même préserver son statut de victime!

Dans le vestiaire, entre la deuxième et la troisième période, Julien revint sur l'incident.

— Discipline, les gars! Vous voyez ce que le manque de discipline a donné du côté des Comètes. Ça nous a permis de compter en avantage numérique.

— Bon coup! fit Dic en s'adressant à Denis.

— Attention! reprit Julien avec plus de sagesse. Denis et Antoine ont fait enrager l'autre gars… mais ça aurait pu se retourner contre nous. Discipline! Je ne le répéterai jamais assez! On joue au hockey, on ne lâche pas la rondelle des yeux, on anticipe les jeux… et on reste disciplinés! C'est ça que je veux voir en troisième période. C'est compris?

— O.K., coach, firent les joueurs avant de se lever pour retourner au jeu.

* * *

Au même moment, à Trois-Rivières, Bianca frappait à la porte des Bérubé. Véronique vint ouvrir.

— Toi! s'étonna-t-elle en la voyant.

— Je… passais par ici, déclara Bianca. Vous avez de la visite? enchaîna-t-elle en jetant un coup d'œil par-dessus l'épaule de Véronique pour tenter de voir les gens à l'intérieur de la maison.

— Je te l'ai dit… mes parents reçoivent pour le souper de Pâques.

— Ah oui! C'est vrai. Mais il est pas encore l'heure de souper. Ça te tente de venir au parc avec moi?

— Pour quoi faire?

— Je sais pas… juste pour jaser.

— Je veux bien qu'on s'assoie un peu sur la galerie, dit Véronique en sortant de la maison, mais je vais pas au parc. On a de la visite et je préfère rester ici.

— Comme tu veux! lança Bianca en s'assoyant sur la petite balancelle installée sur la galerie.

— Bianca, commença Véronique au bout d'un moment, c'est qui, ta marraine?

— Ça t'intrigue, hein? demanda la jeune fille, l'air quelque peu malicieux.

– Oui, je veux savoir! Allez! Dis-le-moi…
s'il te plaît!

– Je peux pas, trancha Bianca. J'ai promis.

– Ben, comment tu veux qu'on soit amies
si on se dit pas tout?

– On a le droit d'avoir des secrets, non?

– Ben… pas trop, quand même…

– Bon! Je vais te le dire, commença
Bianca. Mais, ajouta-t-elle aussitôt en voyant
le sourire qui s'affichait sur le visage de Véronique, il faut que tu promettes de ne rien dire
à personne.

– Promis juré!

– Ma marraine… c'est… c'est… Krystel
Vanier.

– Krystel Vanier! répéta Véronique en ouvrant grand les yeux. C'est pas vrai!?

— Je te le jure!

— Krystel Vanier, répéta une fois de plus Véronique. C'est la plus grande comédienne du Québec! On la voit partout!

— Je sais, reprit Bianca. Mais tu dois garder le secret, hein? Ma marraine veut pas qu'on parle de sa vie privée.

— C'est promis! J'en reviens tellement pas! fit Véronique, bouleversée.

* * *

Malorie posa les mains sur ses yeux en retenant son souffle. Maude venait de se lever d'un bond, transportée par l'émotion. Suzie, elle, était clouée à son siège, une main sur la bouche, pendant que son regard ne quittait plus la rondelle. On en était à la moitié de la troisième période et le jeu défilait à un rythme effréné. Les Dragons menaient 2 à 1 et Samuel Bouchard, joueur vedette des Comètes, y allait d'une échappée qu'aucun joueur des Dragons n'arrivait à arrêter. Bouchard contrôlait parfaitement la rondelle et savait se dégager quand un joueur adverse arrivait près de lui. Il était grand et rapide.

— Oh! Mon Dieu! fit Maroussia en voyant Bouchard qui y allait d'un lancer puissant en direction du but de Charlie.

Charlie fit une tentative pour arrêter le disque, mais la rondelle se retrouva au fond de son filet. Charlie n'avait rien à se reprocher, mais les deux équipes étaient néanmoins à égalité maintenant. Les joueurs des Dragons présents sur la glace vinrent le réconforter en frappant leurs gants contre son épaule.

— C'était un beau but! lança Pierre. Tu pouvais rien faire…

* * *

Cinq minutes avant la fin du match, c'était toujours 2 à 2. Les deux équipes voulaient remporter la Coupe et faisaient tout en leur pouvoir pour y arriver. « Du beau hockey ! » avait dit Guy Lambert pendant le match. Paul Mercure, assis près de lui, avait acquiescé.

Pierre s'empara de la rondelle. Voyant Samuel Bouchard foncer vers lui, il fit une passe à Will qui était à sa portée. En moins de deux, Will lança la rondelle et elle passa tout près du gardien sans qu'il arrive à l'arrêter. Celui-ci se tourna face à son but et le frappa de son gant en un geste de colère. L'avantage était aux Dragons !

* * *

Sept secondes avant la fin de cette troisième période, Charlie baissa la tête et sentit son cœur se serrer dans sa poitrine. Pas ça ! pensa-t-il, découragé. Pas ça ! Samuel Bouchard venait de compter. On allait jouer en supplémentaire ! Un supplice !

* * *

Devant son but, Charlie transpirait. Ses cheveux humides collaient à son cou. Et il eut encore plus chaud quand, une minute plus tard, un joueur des Comètes lança dans sa direction. Charlie fit un bel arrêt alors qu'une partie de la foule en délire criait de joie et que l'autre huait ou se taisait tout simplement.

L'atmosphère était tendue. Tout le monde était nerveux. Dans les gradins, on soufflait dans les flûtes et on agitait les crécelles avec énergie. Le bruit montait et en devenait presque agressant. Quand, deux minutes plus tard, Pierre s'échappa vers le but adverse et qu'aucun joueur ne parvint à l'atteindre, un silence soudain s'empara de la place. Pierre patina en maniant la rondelle à la perfection. Le gardien des Comètes n'arrivait pas à anticiper le lancer. Il savait que Pierre était un bon marqueur, et qu'on ne lui attribuait pas un style de lancer en particulier. Que viserait-il cette fois-ci? Le haut du but, le bas? Tenterait-il une feinte? Pierre opta pour cette dernière possibilité et fit semblant de lancer, mais retint la rondelle, juste le temps que le gardien se retrouve à genoux pour faire l'arrêt. Et là, il lança dans le coin supérieur du but. Un beau but! Un but parfait!

Les partisans des Dragons, fous de joie, ne tenaient plus en place. Tous s'étaient levés d'un bond et les accolades se multipliaient.

– On a gagné! cria Suzie en sautant dans les bras de Malorie et Maude. On a gagné!

Sur la glace, les joueurs se serraient les uns contre les autres en criant leur joie. Julien et ses adjoints, triomphants, les rejoignirent. À l'autre bout, les entraîneurs des Comètes tentaient de réconforter leurs joueurs. Les deux équipes se rejoignirent au centre de la patinoire après quelques minutes et échangèrent les félicitations et commentaires réconfortants habituels. S'ensuivirent la remise des médailles et le défilé pendant lequel les Dragons firent le tour de la patinoire en brandissant la coupe à bout de bras. Ils jubilaient! Chaque joueur touchait au précieux trophée, collant sa main sur la coupe froide qui pourtant réchauffait le cœur.

* * *

Lundi matin… Suzie ouvrit les yeux et regarda l'heure. Onze heures! Elle aperçut son lapin de Pâques dont il ne restait que les pattes et sourit en se rappelant que, la veille, elle l'avait presque tout mangé avant de se coucher. Toute la famille s'était couchée tard. Après la victoire des Dragons et les effusions qui n'en finissaient plus, il y avait eu la séance de photos des victorieux, les entrevues avec la presse, puis le souper au restaurant et le retour à la maison.

Suzie s'étira longuement avant de quitter son lit. Elle attrapa les pattes du lapin au passage et descendit à la cuisine, où sa mère et Babouchka préparaient des tartes.

Après avoir dîné… ou plutôt déjeuné, elle quitta la maison pour se rendre chez Maude. Malorie venait juste d'arriver chez les Villemure.

– Allo! lança Maude en ouvrant à Suzie. Malou est déjà en bas.

– Véro est pas arrivée?

— Non. Mais elle devrait pas tarder. Viens!

Véronique se présenta chez Maude peu de temps après. Les quatre filles se retrouvèrent au sous-sol, assises autour d'une table où étaient déposés des cahiers scolaires. Pour le cours de français, elles devaient discuter, en groupe de quatre, d'un livre que le prof leur avait demandé de lire. Les filles avaient fait la lecture, chacune de son côté, mais à présent, il fallait échanger et prendre des notes afin de répondre aux questions que le prof leur avait remises. Elles travaillèrent une bonne heure avant de faire une petite pause.

— Alors, c'était comment, la fin de semaine à Sherbrooke? demanda Véronique en engouffrant trois œufs en chocolat dans sa bouche.

— Super! fit Malorie. Les gars ont gagné la Coupe!

— Et No Name a compté trois buts pendant les parties, dit Suzie.

— Et il avait le sourire accroché dans le visage… et Malou aimait ça! se moqua Maude.

Malorie ne répliqua pas et se contenta de sourire.

— Et toi? demanda Suzie. T'as fait quoi?

— Bof! À part le souper de Pâques, c'était assez tranquille. Mais, continua-t-elle en prenant un air mystérieux, j'ai vu Bianca… et je sais qui c'est, sa marraine.

— Ah ouais?! fit Suzie. C'est qui?

— Hum! J'ai promis de pas le dire…

— Eille! fit Maude. Pourquoi tu en parles, d'abord? C'est poche, ça!

— C'est vrai que c'est pas *cool*! lança Malorie.

— Tu pourrais au moins nous dire si c'est une comédienne si connue que ça? insista Suzie.

— Oh! Vraiment connue! Vous en reviendriez pas, c'est sûr!

— Ben là! fit Maude d'un ton contrarié. Tu le dis ou tu le dis pas! C'est qui?

— Je peux pas…

— De toute façon, je suis sûre que c'est juste des menteries! déclara Maude avec assurance.

— C'est pas des menteries! Pis c'est vrai que Krystel Va… Zut! fit Véronique en réalisant qu'elle était en train de dévoiler le secret.

— Krystel Va… nier? devina Suzie.

— La comédienne qu'on voit partout! renchérit Malorie.

— Non mais, vous allez pas gober ça, les filles? s'emporta Maude, qui ne croyait pas du tout à cette histoire.

– Ben… on sait jamais, dit Malorie.

– Bianca Blanchette, c'est une menteuse! reprit Maude. Ça tient pas la route, les histoires qu'elle raconte!

– Vous allez pas en parler, hein? supplia Véronique, qui s'en voulait de n'avoir pas su tenir sa langue.

Les filles promirent de ne pas parler, mais Maude ne le fit que par solidarité pour ses copines. Elle se dit qu'elle arriverait à prouver que Bianca Blanchette mentait comme elle respirait.

* * *

À l'école, le lendemain, Bianca se tint près de Véronique, tentant de se montrer intéressante en enjolivant la plupart des anecdotes qu'elle lui racontait. Le reste de la semaine passa rapidement. Véronique recherchait de plus en plus la compagnie de Bianca. Elle voulait entendre toutes ses histoires, elles étaient si intéressantes!

LA MÉDAILLE

Deux semaines avaient passé. Véronique et Bianca étaient maintenant amies, ce qui n'empêcha pas celle-ci de tenter un rapprochement avec Suzie en surgissant près d'elle à tout moment, se contentant de lui sourire sans lui parler, comme si elle voulait juste se faire remarquer... ou ne pas se faire oublier. Son désir de devenir l'amie de Suzie passait bien avant son amitié nouvelle avec Véronique. Après tout, Suzie était bien plus populaire à l'école que Véro!

En ce dimanche après-midi, les Pirouettes s'apprêtaient à disputer une dernière compétition à Trois-Rivières pour clore la saison de *cheerleading*. Une dernière chance, cette année-là, de remporter une médaille d'or.

Depuis deux semaines, elles répétaient leur chorégraphie, et avaient travaillé très fort pour réussir les pas de danse, les mouvements de gymnastique et les sauts. Il fallait que tout soit fait avec assurance, agilité et synchronisation. Pas de place pour l'improvisation !

Les Pirouettes furent bientôt annoncées au micro. Les filles se rendirent en avant du gymnase et attendirent les premières mesures de la chanson pour débuter. Une fois les pas de gymnastique terminés, les voltiges se placèrent en position pour se faire soulever par les bases. Suzie souriait, comme toutes ses coéquipières. C'était un sourire un peu figé qui faisait partie de la chorégraphie. Le temps de le dire, elle sentit ses pieds sous les mains de ses trois bases. Elle fut propulsée dans les airs, les bras en V, le corps bien droit et le sourire toujours collé au visage, puis retomba en position couchée alors que ses bases la rattrapaient avant de la reposer sur le sol. Les quatre voltiges des Pirouettes et leurs bases avaient fait preuve d'une excellente synchronisation à chaque saut, ce qui leur vaudrait des points.

Après quelques minutes, la chorégraphie se termina sous les nombreux applaudissements des supporteurs.

* * *

Suzie, Maude et Malorie étaient assises par terre et se tenaient la main alors qu'on allait annoncer les gagnants de la médaille d'or. On venait d'entendre le nom d'une équipe de Québec qui avait remporté la médaille de bronze. Tout de suite après, on prononça le nom de l'équipe de Drummondville, qui obtenait la médaille d'argent.

Le trio échangea un regard anxieux. Les trois filles souhaitaient de tout leur cœur entendre le nom de leur équipe quand l'animateur dévoilerait les grands vainqueurs de la compétition.

«Les Pirouettes de Trois-Rivières!» entendirent-elles sans trop y croire.

— C'est nous autres! lança soudain Maude en bondissant sur ses pieds.

– On a gagné! crièrent ses coéquipières en s'élançant vers la tribune où se tenait l'animateur qui les regarda s'avancer, tout sourire.

Les filles jubilaient et se sautaient dans les bras. Dans les estrades, Bianca trépignait de joie pendant que Pierre, Charlie et Alex applaudissaient leurs sœurs. Les parents n'avaient d'yeux que pour leurs filles qui avaient enfin gagné une médaille d'or.

Les coéquipières se mirent en rang et regardèrent la présidente de la ligue qui passait les médailles dorées autour de leur cou. C'était un moment merveilleux! Un moment dont elles rêvaient depuis si longtemps…

Suzie s'élança vers sa famille qui l'attendait près des gradins.

– On l'a eue! s'écria-t-elle en brandissant bien haut sa belle médaille. On l'a eue… enfin!

– Vous l'avez bien méritée, dit son père. Votre performance était excellente.

— C'est *cool*! lança Pierre en regardant la médaille de sa sœur. Bravo, Suzon l'oignon!

— Merci! fit Suzie en lui souriant. Je suis tellement contente! T'as vu le dernier saut? C'était pas évident, hein?

— T'as été super, reprit Pierre.

— Tu as été merveilleuse, *lioubov*! déclara Babouchka en serrant sa petite-fille contre elle.

— Regarde, Babouchka! dit Suzie en mettant sa médaille sous le nez de sa grand-mère. Regarde!

— Oui, oui, je regarde, dit-elle en riant. Je regarde!

L'équipe et ses accompagnateurs se retrouvèrent dans un restaurant du centre-ville de Trois-Rivières pour célébrer la victoire. Les filles étaient joviales en se remémorant certains moments de la saison qui s'achevait. Jessica Pouliot parla de l'entorse qu'elle s'était faite en tombant après un saut, Noémie Gélinas blagua à propos de Maude qui avait perdu une chaussure pendant un mouvement de gymnastique… Chacune y alla de ses anecdotes.

Assises au centre de la longue tablée, le trio prenait part à toutes les conversations. Les sujets passant du coq à l'âne, vint un moment où Jessica parla de Karen Lopez, sa chanteuse préférée. Elle raconta qu'elle avait vu sa maison dans un magazine et qu'elle n'en revenait pas à quel point c'était imposant.

— Pas besoin d'aller bien loin pour voir des maisons de riches! lança Véronique avec assurance. Il y a une fille à l'école qui vit dans une grosse maison et qui voit plein de monde important!

— Qui ça? demanda Joëlle Dufour d'un air intéressé.

— Bianca Blanchette, répondit Véronique en souriant. C'est mon amie.

— La Bianca Blanchette qui va à ton école ? reprit Joëlle en fronçant les sourcils.

— Oui… tu la connais ?

— Elle reste dans la rue à côté de chez nous…

— Ben non, reprit Véronique, elle reste dans un quartier de riches. Elle vient à notre école parce qu'il n'y avait plus de place à l'école de son quartier.

— C'est dans notre école qu'il y avait trop de monde, précisa Joëlle. Pas dans un quartier de riches !

— Ça se peut pas ! On doit pas parler de la même Bianca Blanchette.

— Il y en a juste une, à notre école, une Bianca Blanchette ! spécifia Maude en regardant Véro. Et j'ai eu la preuve hier que c'est une menteuse.

Puis, se tournant de nouveau vers Joëlle, elle demanda :

— Elle a l'air de quoi ta Bianca ? Une petite blonde un peu rondelette ?

— En plein ça !

— Ben voyons, fit Véronique, ça se peut pas ! Elle m'a dit que son père est riche et qu'ils vivent dans une grosse maison.

— Son père ? répéta Joëlle. Elle en a même pas, de père !

— Ça se peut pas, de pas avoir de père, intervint Suzie avec assurance.

— Ben en tout cas, reprit Joëlle, Bianca Blanchette reste avec sa mère dans un bloc à appartements et elles sont pas riches pantoute. Je le sais parce que c'était mon amie, avant, mais elle arrêtait pas de raconter des menteries, ça fait que j'ai décidé de ne plus me tenir avec elle.

— Je te l'avais dit! lança Maude en s'adressant à Véronique. Je savais que c'était n'importe quoi! Je le savais depuis hier, que tu t'étais fait avoir comme un bébé!

— Comment ça? s'enquit Véronique, abasourdie, qui n'en croyait pas ses oreilles.

— J'ai fait ma petite enquête. J'étais certaine que Bianca était une menteuse. Et hier, je l'ai aperçue au centre commercial. Elle parlait avec une fille. Quand Bianca est partie, je suis allée voir la fille. C'était sa voisine. Elle a éclaté de rire quand je lui ai demandé si tout ce que Bianca racontait était vrai.

— Et pourquoi tu m'as rien dit? demanda Véronique.

— J'ai essayé de te téléphoner hier, il y avait personne chez toi. Pis, dans le bus, je voulais pas en parler parce qu'il y avait trop de monde. Mais maintenant que tout le monde est au courant…

— Tiens! fit Suzie d'un air amusé. Maude qui se découvre un talent de détective!

— Elle joue trop à Clue! lança Malorie en riant.

— C'est pas drôle! Attendez que je la revoie, celle-là! déclara Véronique sur un ton colérique.

* * *

— On peut dire qu'on a un beau mois de mai! lança Babouchka à Maroussia en jetant un coup d'œil par la fenêtre. Et Suzie était tellement contente que Guy installe le trampoline, reprit-elle en regardant sa petite-fille et ses amies qui sautaient joyeusement dans les airs pour retomber dans toutes les positions possibles sur la toile.

— Mais les gars vont s'ennuyer de la patinoire, dit Maroussia.

Dans la cour des Lambert, il y avait beaucoup d'activité cet après-midi-là. Pendant que le trio s'amusait à faire des pirouettes, Pierre, Mouf, Denis et Charlie se lançaient des balles de baseball.

Charlie était arrivé le premier chez les Lambert. Il avait profité de ce moment où il se retrouvait seul avec Pierre pour lui raconter son altercation avec son père lors du tournoi de la Coupe nationale. Pierre était stupéfait; son ami avait osé confronter Carlo! Mais il approuvait. Et puis, Charlie lui avait dit que son père était moins «sur son cas» depuis ce temps. C'était une bonne chose. «Content pour toi!» lui avait-il dit en lui tapant l'épaule.

— J'ai hâte à la semaine prochaine, fit Pierre en lançant une balle en direction de Denis. On va revoir tout le monde au lavothon.

— Presque tout le monde, corrigea Mouf. Oublie pas qu'il y a des gars qui vont monter dans le bantam.

— Ouais! C'est vrai. Mais quand même… on reste douze joueurs en deuxième peewee.

— C'est presque toute l'équipe, dans le fond, dit Denis. Mais on n'est jamais assuré de notre poste.

— Moi, j'ai hâte de voir qui va être l'autre gardien, dit Charlie. Vous savez que Max arrête de jouer?

— Ah ouais? fit Denis. Il s'en va pas dans le bantam?

— Y paraît que non, répondit Charlie. C'est ce que Philippe m'a dit quand je l'ai vu, l'autre jour.

— Phil, il sera pas au lavothon, dit Pierre. Au bantam, ils vont vendre du chocolat.

— Moi, j'aime ben mieux un lavothon! lança Mouf en souriant. On va avoir ben plus de fun!

Sur le trampoline, les filles avaient cessé de sauter et s'étaient assises à l'indienne en reprenant leur souffle.

— Véro était tellement fâchée! dit Malorie alors que le sujet de Bianca venait d'être évoqué. J'étais pas loin quand elle lui a dit sa façon de penser. Ouf! C'était *hot*!

— En tout cas, elle se tient loin, la Bianca! lança Suzie d'un ton sarcastique.

— Je me pousserais aussi si j'étais à sa place, déclara Malorie. Ça doit être gênant en chnoutte de savoir que tout le monde sait qu'on est une menteuse!

— Ben, elle avait juste à dire la vérité! reprit Maude.

— Hé! fit soudain Suzie. On pourrait aller répéter la pièce de théâtre?

— Bonne idée! dit Malorie. Moi, je suis un peu tannée de sauter.

— Pis moi? fit Maude. Je fais quoi, moi? Je sèche en vous regardant?

— C'est quoi ton problème, Maude Villemure ? fit Suzie avec impatience. On dirait que tu t'enrages pour un rien depuis un bout de temps.

— Je m'enrage pas ! Je veux juste pas être rejet ! On dirait que j'existe plus de ce temps-là, moi !

— Je sais pas pourquoi tu dis ça, reprit Suzie. T'es pas rejet ! On est toujours ensemble ! Et je te l'ai demandé, à toi aussi, pour venir répéter la pièce.

— Mais moi, j'ai pas de rôle, reprit Maude sur un ton plus calme.

— Ouais ! C'est vrai... t'es aux décors, toi. Ben, tu pourrais faire le rôle de Véro... Elle parle presque pas, reprit Suzie en se demandant pourquoi son amie était si soupe au lait depuis quelque temps.

Les trois filles se dirigèrent vers la maison et demandèrent aux garçons s'ils avaient envie de répéter. Ce fut un non en chœur qu'elles reçurent comme réponse. Les gars avaient bien assez des répétitions à l'école sans en ajouter, alors qu'il faisait si beau dehors! Ils continuèrent à se lancer la balle sans se préoccuper davantage des filles qui disparurent bientôt dans la maison.

Brain eut alors une idée. Il proposa d'aller distribuer des cartons dans le voisinage pour inviter les gens au lavothon. Les autres le trouvèrent génial.

— On pourrait même en préparer pour le gym de mon père, proposa Pierre. Y a plein de monde qui va là!

— *Yes!* fit Mouf. On fait ça!

Sans plus attendre, Pierre courut à l'intérieur pour aller chercher des cartons et des crayons.

FIN

Suivez-nous sur le Web

Consultez nos sites Internet et inscrivez-vous à l'infolettre pour rester informé en tout temps de nos publications et de nos concours en ligne. Et croisez aussi vos auteurs préférés et notre équipe sur nos blogues !

EDITIONS-PETITHOMME.COM
EDITIONS-HOMME.COM
EDITIONS-JOUR.COM
EDITIONS-LAGRIFFE.COM

Achevé d'imprimer au Canada
sur papier Enviro 100 % recyclé